SÉRIE ROYALE

Chères lectrices,

Vous n'avez vu que deux livres de Série Royale ce mois-ci au lieu de quatre, mais rassurez-vous, vos héros préférés ne manquent pas au rendez-vous!

Bien au contraire, vous pourrez désormais les retrouver tous les mois dans les deux titres de Série Royale et vous aurez ainsi l'occasion de vous replonger dans le monde enchanté de l'amour chevaleresque, célébré par les troubadours de tous les âges...

Surtout ne manquez pas leurs folles aventures!

Cette douce mélancolie

Ann Hulme

ÉDITIONS HARLEQUIN

Cet ouvrage a été publié en langue anglaise sous le titre :

A POOR RELATION

48, avenue Victor-Hugo, Paris XVIe – Tél. 500.65.00
ISBN 2-86259-860-7
ISSN 0223-467-X

1

Par une nuit noire et brumeuse du mois de février 1803, le capitaine Frederick Burnham revenait chez lui après avoir passé la soirée en joyeuse compagnie. Avec ses camarades de régiment, il avait beaucoup bu, puis, vers deux heures du matin, il était reparti en direction de son logis.

Pour quelque raison obscure – que l'enquête d'ailleurs ne put éclaircir – le capitaine avait emprunté le chemin de halage longeant le canal. L'alcool l'avait rendu mélancolique et, tandis qu'il progressait péniblement dans les ténèbres, l'officier ressassait sa folle jeunesse. En moins d'une semaine, se rappelait-il avec précision, il avait courtisé et épousé la fille d'un colonel réformé; il avait eu alors une discussion orageuse avec son père qui, par la suite, n'avait jamais répondu à ses lettres. Sa chère femme était morte depuis dix ans à présent et il la pleurait toujours.

Le sentier était étroit et la pluie l'avait rendu glissant. Le cheval, sentant tout à coup le sol boueux s'affaisser sous ses sabots, bondit vers la terre ferme en hennissant. Le capitaine Burnham, sans opposer aucune résistance, dégringola dans l'onde glaciale.

Un marinier entendit le bruit de la chute et devina aussitôt le drame quand il aperçut la monture sans son cavalier. Il s'arma d'une gaffe et avec l'aide de son fils aîné, chercha la victime pendant une demi-heure. Quand les deux hommes trouvèrent enfin le corps inanimé, ils identifièrent immédiatement l'uniforme. Aussi empruntèrent-ils la charrette d'un voisin pour conduire le noyé à la caserne. A quatre heures du matin, le plus sobre parmi les compagnons de beuverie du capitaine allait informer la fille unique du disparu qu'elle était désormais seule au monde.

Isabella Burnham n'eut pas le loisir de s'abandonner à son chagrin : il lui fallait maintenant affronter les problèmes pratiques du quotidien. Son père avait contracté plusieurs dettes d'honneur. Nombreux furent les créanciers qui offrirent généreusement à la jeune fille de les effacer mais elle insista pour les rembourser. Après avoir payé les funérailles et acheté quelques vêtements de deuil, Isabella était presque complètement démunie malgré le don de quarante livres offert par les épouses des officiers. Elle envisagea alors de trouver un poste de gouvernante mais son peu d'instruction – limité à des rudiments de lecture, d'écriture et de calcul – ne lui permettait pas de postuler un tel emploi. Isabella n'avait jamais eu de bonne! En réalité, elle avait connu pour tout serviteur un ancien quartier-maître unijambiste dont le passe-temps favori était de cracher le plus loin possible le jus de son tabac à chiquer.

L'avenir s'annonçait donc sombre pour l'orpheline lorsqu'un secours inespéré se présenta. Frederick Burnham avait une sœur, Maria qui avait épousé Sir Henry Hursley. Isabella ne la connaissait pas mais le capitaine lui en avait souvent parlé en termes peu flatteurs. « Sans l'intervention de cette maudite coquine », lui avait-il répété à maintes reprises, son propre père aurait fini par lui pardonner son mariage hâtif. Néanmoins, en dépit de l'inimitié déclarée entre le père et la sœur, Isabella crut bon d'écrire à sa tante pour lui annoncer la triste nouvelle.

Quelle ne fut pas sa surprise de recevoir en retour un mot de Lady Hursley. La dame, profondément affligée par le décès de son pauvre frère, lui apprenait que ses filles étaient fort désireuses de faire la connaissance de leur cousine. Elle offrait à Isabella de l'héberger et avait même joint à sa lettre un billet pour la diligence. Isabella se procura donc du joli papier et rédigea de sa plus belle écriture :

« Je vous suis très reconnaissante, ma chère tante, de votre générosité. Je n'éprouve aucune inquiétude à voyager seule puisque vous avez eu la bonté de choisir pour moi une place à l'intérieur. »

L'arrivée imminente d'Isabella chez les Hursley fit jaser tout le pays. Quelle grandeur d'âme d'accueillir cette enfant! s'extasièrent les amies de Lady Hursley. Frederick Burnham s'était noyé dans le vin et non pas dans l'eau! raillèrent les messieurs. Tous convinrent qu'avec leurs trois filles, les Hursley auraient pu se passer d'une quatrième, sans le sou de surcroît.

– Souhaitons seulement qu'elle ne soit pas trop jolie! fit une dame d'un ton lugubre à l'une de ses compagnes. Vous me comprenez, n'est-ce pas?

Son interlocutrice saisissait parfaitement. Les demoiselles Hursley étaient toutes ravissantes, charmantes et bien élevées. Elles dansaient, jouaient d'un instrument, parlaient le français et chantaient en italien. Lydia était une cavalière accomplie, Augusta, « une beauté » et une aquarelliste de talent et Theresa, âgée de quinze ans, « vive et adorable ». Néanmoins, Lydia était la seule à être fiancée, officieusement du moins, et ses sœurs n'avaient certes pas besoin d'une jolie cousine pour les éclipser.

Les craintes se trouvèrent d'ailleurs tout à fait injustifiées. Lorsque Isabella Burnham se présenta dans sa robe démodée, son affreuse capote, son châle fané, avec ses deux sacs de voyage usés, son carton à chapeau cabossé et son havresac de fantassin, même les inquiétudes les plus irraisonnées de Lady Hursley furent dissipées. « Comme elle est maigre », songea aussitôt la dame, soulagée, tout en se promettant *in petto* de brûler au plus vite l'infâme couvre-chef de sa nièce. « De mieux en mieux », pensa-t-elle en examinant le visage de la nouvelle arrivée; celle-ci avait en effet le nez retroussé, le menton pointu, la bouche de travers et... en prime... une multitude de taches de rousseur.

– La petite fille de mon cher Frederick! s'extasia Lady Hursley, oubliant volontairement les dix-huit ans d'Isabella. Entre, je t'en prie! Tu es sûrement épuisée de ce long voyage.

« Elle ressemble sans doute à sa mère », se dit la dame en son for intérieur. « En tout cas, elle ne tient pas du tout de Frederick. La malheureuse n'a pas été gâtée par la nature. Elle n'a pas de poitrine », soupira-t-elle avant de poursuivre à voix haute :

– Enlève ce... ta capote, ma chérie. Je vais te conduire à l'étage; tu y feras la connaissance de tes cousines. Elles meurent d'envie de te rencontrer.

Isabella retira sa coiffure et Lady Hursley demeura bouche bée devant sa somptueuse chevelure d'un roux flamboyant.

– Est-ce... est-ce *naturel?* chuchota la dame.

– Oui, ma tante. Père me surnommait « Poil de carotte ».

– Point en public, tout de même! s'exclama Lady Hursley d'un air désapprobateur.

– Si! répondit Miss Burnham en riant. Tout le monde m'appelle ainsi!

– Eh bien, je te prierai de n'en souffler mot à personne!

Les demoiselles Hursley eurent la même réaction vis-à-vis de la couleur surprenante des cheveux de leur cousine. Lydia, l'aînée, fut la première à se ressaisir et vint embrasser la nouvelle venue; la petite Theresa l'imita mais gâcha le tout en ajoutant :

– Comme tes cheveux sont rouges!

– Oui, n'est-ce pas? répondit Isabella simplement avant de se retourner pour saluer sa troisième cousine, Augusta.

Elle aperçut alors la jeune fille la plus belle qu'elle eût jamais vue. Augusta avait des traits parfaits, une peau d'albâtre; sa robe élégante moulait étroitement ses formes exquises. Elle haussa un sourcil finement arqué pour observer la nouvelle venue. Celle-ci, consciente de sa mise étriquée, de sa coiffure sévère, de ses taches de rousseur, croisa son regard. Et sans qu'une seule parole soit prononcée, Isabella et Augusta se détestèrent d'emblée.

– Lydia, ma chérie, fit alors Lady Hursley en prenant son aînée à l'écart, occupe-toi de ta cousine. As-tu vu sa robe... elle n'est même pas digne d'une servante! Et sa capote! Sans compter cette *horrible* chevelure! Vous avez sûrement, Augusta et toi, une ou deux toilettes dont vous pouvez disposer jusqu'à ce que nous puissions lui commander une garde-robe convenable. Rien de trop élaboré, bien sûr, car elle porte encore le deuil. Je songe aux tenues que tu portais lors du décès de ta grand-mère.

– Elles sont démodées et en outre, il nous faudrait les allonger et rétrécir les corsages, répliqua Lydia en jetant sur sa cousine un regard critique.

– Cette enfant a certainement l'habitude de retoucher elle-même ses vêtements! Et même si ces habits ne sont pas du dernier cri, qu'importe!

Isabella avait entendu la fin de cette conversation et le sang afflua à ses joues.

Les semaines s'écoulèrent. D'un naturel superficiel, Lady Hursley ne s'interrogea pas sur le bien-être de sa nièce et présuma qu'elle était heureuse dans son nouveau foyer. Affairée à retoucher les toilettes que lui avaient données ses riches cousines, Isabella ne se plaignait pas; mais sa façon d'enfoncer les épingles dans l'étoffe en disait long.

Le seul membre de la famille qui lui témoignait de la bonté était Sir Henry Hursley. Dominé par une femme autoritaire et trois filles capricieuses, le vieillard, afin de leur échapper, s'était découvert une passion pour l'horticulture et passait ses journées à jardiner. Lorsque, en de rares occasions, il s'aventurait dans la maison et croisait sa nièce, il lui pinçait affectueusement la joue tout en lançant :

– Ah, ma petite rouquine! Comment nous portons-nous aujourd'hui?

– Fort bien, mon oncle, je vous en remercie.

– Tant mieux! Je veux que tu te sentes chez toi dans cette demeure. As-tu vu mes roses? J'ai trouvé un nouvel engrais! Remarquable!

Isabella savait gré à son oncle de sa gentillesse; en outre, jamais il n'utilisait ce surnom affectueux devant sa femme ou ses filles et cette marque de tendresse touchait l'orpheline.

Vint l'hiver, puis le printemps. Isabella avait finalement cessé de servir de cible aux commérages. Dans le pays, elle était désormais « la nièce de Maria Hursley »... quand d'aventure on parlait d'elle.

Par une journée radieuse de ce printemps 1804, néanmoins, les Hursley reçurent une visite qui devait changer le cours de l'existence de la jeune fille.

Isabella descendait l'escalier et s'arrêta un moment pour observer tristement la nature en fête par la fenêtre du palier. Elle portait cet après-midi-là une robe vert olive. Lydia la lui avait généreusement offerte car cette teinte terne ne lui plaisait guère et aussi parce qu'elle avait fait un accroc à la jupe.

Si seulement je pouvais m'échapper de cette maison! soupira l'orpheline avant de poursuivre son chemin.

Une fois au rez-de-chaussée, elle s'apprêtait à ouvrir la porte du salon quand elle perçut un bruit de conversation à l'intérieur. Elle reconnut le ton maniéré de sa tante, celui clair et haut de Lydia et le rire de Theresa. Puis elle entendit une voix masculine. « William Francis, sans doute, le fiancé de Lydia » songea-t-elle. Poli, aimable, il était très amoureux de Miss Hursley. Isabella aimait bien le jeune homme mais avait pitié de lui. Une fois marié, il serait, à l'instar de Sir Henry, complètement éclipsé par son épouse et finirait probablement lui aussi par chercher refuge dans le jardinage. Malgré son amitié pour William, toutefois, la jeune fille n'avait pas envie de gaspiller une si belle journée à bavarder avec ses parentes oisives, si imbues d'elles-mêmes. Elle faisait demi-tour pour s'éloigner quand Perkins, le maître d'hôtel, apparut.

– Monsieur Francis est-il au salon? chuchota-t-elle.

– Oui, Miss, répondit dignement le domestique; il arrive de Londres à l'instant.

Craignant d'être de trop dans cette réunion de famille, Isabella était encore plus résolue à ne pas se joindere à la compagnie mais déjà Perkins avait ouvert la porte. Isabella ne pouvait plus reculer. La mine résignée, elle pénétra dans le salon.

Toutes les têtes se tournèrent vers elle. Vêtue de soie violette et parée de perles, Lady Hursley trônait au beau milieu de la pièce, entourée de ses filles. William se tenait debout près de la cheminée. En apercevant l'inconnu à ses côtés, le cœur d'Isabella se mit à battre la chamade. Perkins avait omis de mentionner cet homme. Oh, pourquoi ne s'était-elle pas enfuie tout à l'heure? se reprocha l'orpheline, éplorée.

Ledit inconnu était grand et brun. On devinait sous sa veste marron bien coupée de larges épaules. Il portait un pantalon en nankin et des bottes bien cirées. Il détailla la nouvelle venue de la tête aux pieds et celle-ci, extrêmement mal à l'aise mais déterminée à n'en rien laisser paraître, soutint son regard.

Le gentilhomme avait le teint hâlé. « Il venait sans doute des pays chauds », se dit-elle. Sous ses cheveux noirs et ondulés, coupés très courts, il avait les traits décidés, voire effrayants au gré d'Isabella. Tout à coup, il lui sourit et son visage s'adoucit comme par enchantement; la jeune fille sentit ses genoux se dérober sous elle.

– Bonjour, Miss, fit Williams. Permettez-moi de vous présenter mon ami Jerome Hansford; il rentre du Brésil.

Hansford s'inclina poliment. Au même moment, Lydia se leva et jetant sur Isabella un coup d'œil maussade, jeta :

– Voici notre cousine, Miss Burnham.

– Enchanté de faire votre connaissance, Miss, prononça le gentilhomme d'un ton affable.

Gênée par ses taches de rousseur et par son affreuse robe reprisée, Isabella marmonna quelques paroles inintelligibles avant d'aller s'asseoir dans un coin retiré de la pièce. Puis la conversation reprit. Augusta n'avait pas quitté Hansford des yeux et lui adressa un sourire ensorcelant.

– Vous passerez encore quelque temps dans le Surrey, nous l'espérons, monsieur.

– Tout dépend si j'y trouve de quoi m'y retenir, répliqua-t-il en lui jetant un regard entendu.

Augusta sourit à nouveau et tourna légèrement la tête pour faire remarquer son profil sculptural. Elle paraissait ravie d'avoir retenu l'attention de M. Hansford et ses joues avait rosi de plaisir. Belle, âpre au gain, sans scrupule, Augusta avait toujours vu ses moindres désirs satisfaits. A présent, elle voulait Jerome tout comme, petite fille, elle avait désiré – et obtenu – le nouveau ruban de Lydia, les bagues et les broches de la mère pour ses jeux, la pomme la plus rouge dans le compotier.

« Belle femme », pensait Hansford. « Dangereuse, de surcroît ». Le risque le tentait, son regard l'exprimait clairement. Ravie, Augusta porta une main à ses cheveux.

Jerome laissa errer son regard sur l'assemblée. « La parente pauvre », songea-t-il, non sans sympathie, en s'arrêtant sur Isabella. Elle avait un petit nez retroussé – charmant au demeurant – des taches de son qu'elle n'essayait nullement de cacher et une chevelure flamboyante. Elle était vêtue de façon quelconque et s'était visiblement coiffée elle-même mais ses cheveux étincelaient, semblables à des braises ardentes. La jeune fille eût-elle été habillée différemment, il aurait juré qu'elle se teignait les cheveux au henné tant cette couleur était rare.

– Êtes-vous en visite, Miss Burnham? s'enquit-il soudain.

Le silence se fit dans la pièce et tous se tournèrent vers Isabella.

– Non, pas tout à fait, murmura cette dernière en pâlissant. Enfin... si, d'une certaine manière.

– Ne sois pas ridicule, Isabella! jeta Augusta d'une voix mielleuse. Tu fais partie de la famille. Notre cousine est très timide, monsieur, expliqua-t-elle à l'adresse de Hansford.

Une lueur amusée traversa le regard de Jerome. « Tandis que vous, vous ne l'êtes pas », semblait-il penser. Furieuse, Augusta jeta sur sa cousine un coup d'œil jaloux.

– Dites-moi, intervint Lady Hursley, les habitants d'Amérique du Sud ne sont-ils pas des sauvages?

– Point du tout, madame, protesta Jerome. Les Espagnols et les Portugais y ont fondé des villes magnifiques. On peut admirer de superbes églises et de somptueuses résidences tout comme à Madrid ou à Lisbonne. Quand le voyageur pénètre dans l'arrière-pays, néanmoins, il risque sa vie; bon nombre de tribus indiennes sont hostiles aux Blancs.

– Voilà le sens de mes propos, affirma la dame. Ce sont des sauvages! Des cannibales sans doute!

– Beaucoup le sont en effet.

– Quelle horreur! s'exclama Lady Hursley en frissonnant. Comme vous êtes brave, monsieur, de vous être aventuré parmi eux!

Jerome porta une maison à son visage pour cacher un sourire; sur le revers de sa main se détachait une longue cicatrice. Isabella fut stupéfaite; ces marques étaient habituellement la conséquence d'un coup d'épée. Pourtant, Hansford n'avait pas l'allure d'un militaire.

– Je n'ai pas fait preuve de tant de témérité, mesdames, affirma ce dernier. Si je suis allé au Brésil, c'était pour traiter avec les Portugais; ils sont d'ailleurs fort hospitaliers et bien disposés envers les Britanniques.

– C'est naturel! répliqua Lady Hursley avec une ferveur toute patriotique.

– Avez-vous cherché des trésors? demanda Theresa de sa petite voix perchée.

Tous furent étonnés par cette question; les têtes se tournèrent d'abord vers l'enfant puis vers Jerome.

– Il existe des trésors dans les jungles sud-américaines, insista Theresa. Les indigènes les ont cachés des *conquistadors*. Je l'ai lu dans un livre. Les Incas faisaient des sacrifices humains sur des autels en or.

– C'est exact, Miss, fit Jerome. Non pas au Brésil, toutefois; ce pays est riche en canne à sucre, en coton et en mines, mais point en trésors. Au Pérou, en revanche, vous en trouveriez à condition que les Espagnols vous permettent de faire des fouilles. Cet endroit est le berceau de l'empire inca, dont la civilisation fut si riche!

– Vous avez peut-être raison, mais ils demeurent cependant cannibales et meurtriers! persista Lady Hursley.

– Non, madame! Vous vous méprenez, corrigea Hansford avec patience. Les Incas ne furent jamais des anthropophages.

– Que faites-vous de leurs sacrifices humains? fit Theresa avec une délectation macabre.

– Leur unique but était d'apaiser les esprits du mal, Miss. Leur religion l'exigeait.

– Ce furent des païens ignares! déclara Lady Hursley. Je ne crois pas à la théorie du « bon sauvage ». A mon avis, ces primitifs sont indisciplinés et très mal élevés. Theresa, ma chérie, on ne discute pas de choses aussi horribles dans un salon! Que pensera M. Hansford d'entendre une jeune fille bavarder d'un sujet d'aussi mauvais goût?

– Chère madame, intervint courtoisement Jerome, je suis enchanté, au contraire, de rencontrer une jeune personne qui s'intéresse à une question aussi peu connue.

Isabella aurait souhaité faire quelque commentaire intelligent sur l'Amérique du Sud mais elle n'y connaissait rien et se contenta de garder le silence.

– Mes filles ne sont pas des intellectuelles! s'offusqua Lady Hursley, prenant en mauvaise part la remarque de son invité.

– J'en suis persuadé, s'empressa-t-il d'ajouter. Elles ont reçu une excellente éducation, c'est l'évidence même.

William s'agita nerveusement et jeta sur son ami un regard anxieux.

– Ah, monsieur! fit la dame avec un sourire ravi. Mon mari a engagé les meilleurs maîtres et mes filles se sont montrées excellentes élèves. Augusta, par exemple, est très douée pour l'aquarelle; en outre, elle se passionne pour l'histoire de l'art.

A l'autre extrémité du salon, Jerome examinait une esquisse d'Augusta représentant ses deux sœurs. Isabella s'interrogea alors sur ses propres aptitudes. Elle savait exécuter une couture bien droite, un raccommodage soigné mais ses talents se limitaient à ces quelques besognes guère reluisantes. Jusque-là, son manque d'instruction ne l'avait pas gênée, sauf quand elle avait envisagé de postuler un emploi de gouvernante. Mais elle avait désormais le sentiment que son ignorance la tiendrait à l'écart de la bonne société. L'orpheline observa Lydia, calme et sereine, tenant William à sa merci... puis Theresa, une enfant volubile chez laquelle toute boutade était spirituelle. Ses yeux se posèrent ensuite sur la belle, l'ensorcelante Augusta.

Tous dans cet élégant salon avaient oublié la présence d'Isabella. Elle se leva donc et s'esquiva en souhaitant que son départ passe inaperçu. Seul Jerome s'en rendit compte. Il ne prononça pas une parole mais la regarda aller d'un air pensif. Consciente de la distraction de Hansford, Augusta se mit à bavarder de plus belle pour le reconquérir.

– Eh bien? Quelle est ton impression? s'enquit William sur le chemin du retour.

– Je te félicite! Miss Hursley est ravissante! répondit son ami.

– Je sais mais je suis heureux de te l'entendre dire. Ses deux sœurs sont merveilleuses elles aussi.

– Je n'en doute point. Mais explique-moi pourquoi on dit d'une jeune femme qu'elle est bien élevée quand elle parle un mauvais français et peint des tableaux mièvres? Je ne vise pas nécessairement la famille Hursley, n'aie crainte; j'aimerais cependant savoir pour quelle raison ces aptitudes sont indispensables?

– Tu préférerais sans doute les voir tricoter des chaussettes ou empeser des chemises? Elles ne sont pas filles de paysan!

– Parle-moi de la jeune fille aux taches de rousseur.

– A qui songes-tu donc? demanda William, perplexe.

– A Miss Burnham!

– Oh, Isabella! s'exclama son ami en riant.

– Allons, William, raconte-moi son histoire.

– Voyons, Jerome, qu'est-ce que qui te fait croire...

– Chacun de nous a un passé... aussi banal ou... sordide soit-il, déclara Jerome, le front soucieux.

Son compagnon lui jeta un coup d'œil compréhensif.

– Cesse de te tourmenter, marmonna-t-il, mal à l'aise. Cette affaire est bel et bien termineée et tu n'as rien à te reprocher.

– Facile à dire tant qu'on n'est pas directement concerné!

William se tut mais sa mine misérable n'en signifiait pas moins.

– Ne prends pas cet air chagrin, William! s'écria son ami en éclatant de rire. Je suis d'humeur changeante, tu le sais bien! Allons, parle-moi plutôt d'Isabella.

– Isabella Burnham? Son père – un propre à rien, m'a-t-on répété – était le frère de Lady Hursley. Il a dilapidé sa fortune, épousé une jeune fille pauvre et a fini par se casser le cou ou se noyer, je ne sais plus. Isabella s'est retrouvée seule au monde et les Hursley l'ont généreusement accueillie.

– Ce fut très charitable de leur part, en effet, remarqua Jerome d'un ton sec. Cette jeune fille est dotée de la chevelure la plus inouïe que j'aie jamais vue.

– Drôle de couleur, n'est-ce pas?

– Non pas drôle mais superbe! répliqua pensivement Jerome. Elle est plutôt jolie mais ses vêtements sont hideux. Pourquoi tes amis Hursley ne lui donnent-ils pas des toilettes plus seyantes? Elle le mérite pourtant.

William se tourna vers Jerome et l'observa longuement avant de déclarer :

– Jerome, nous sommes de vieux amis; je vais donc te parler à cœur ouvert. Eh bien, commença-t-il en se grattant la tête, tu as un excellent sens de l'humour et je te tiens en très haute estime. Cependant, tu as parfois un comportement étrange... enfin... tu n'as pas l'intention...

Voyant que Jerome le fixait avec attention, il se racla la gorge avant de poursuivre :

– ... Tu n'as pas l'intention de courtiser Isabella durant ton séjour dans la région, j'espère? Si tu nourris quelque velléité de le faire, abstiens-t-en! Tout d'abord, elle ne te prendrait pas au sérieux; et ensuite, tu te mettrais dans une situation fort embarrassante. C'est moi qui t'ai introduit dans cette maison. Je serai forcé de présenter mes excuses si tu ne t'intéresses ni à Augusta ni à Theresa et réserves tes compliments à Isabella! Oh, si, je t'assure! ajouta-t-il d'un air maussade comme son ami s'esclaffait. Imagine un peu la réaction de Lady Hursley quand elle verra que tu préfères sa terne petite parente pauvre à ses filles! Elle sera furieuse!

– Calme-toi, William! Tu dramatises trop! Je viens à peine de faire la connaissance d'Isabella. De plus, à part sa magnifique chevelure rousse, elle me semble plutôt insignifiante. J'avais cru déceler quelque mystère... voilà pourquoi je t'ai posé cette question. Sa présence dans cette maison me paraissait si incongrue!

– Je suis désolé, affirma William, gêné de s'être laissé emporter. Mais comme je souhaite ardemment épouser Lydia, je tiens à donner bonne impression. Tu... tu seras raisonnable, n'est-ce pas?

– Mon cher William, je suis toujours raisonnable, affirma Jerome.

William en ressentit un soulagement intense.

2

Les trois demoiselles Hursley étaient enthousiasmées par M. Hansford.

– Oh, mère! s'exclama Augusta. Il a remarqué l'aquarelle que j'ai faite de la maison l'année dernière. Quand Lydia lui a assuré que j'en étais l'auteur, car j'étais trop embarrassée pour le lui avouer, il m'a hautement complimentée. Je ne veux pas faire par là preuve de vanité mais je fais grand cas de son opinion parce qu'il s'y connaît en matière d'art. Il a voyagé sur le continent et a visité les musées italiens.

Son discours en apparence modeste fut accueilli avec scepticisme par ses sœurs et avec un sourire indulgent par sa mère.

– Tu as eu raison de ne pas te mettre en évidence, ma chérie. Ce jeune homme éprouve un penchant pour toi, j'en suis certaine. Tandis que vous causiez, j'en ai profité pour me renseigner auprès de William. Les revenus substantiels de M. Hansford, m'a-t-il appris, proviennent en partie de mines d'argent du Brésil. Ce serait un excellent mari pour toi, ma fille.

Augusta ébaucha un sourire modeste et abaissa pudiquement ses longs cils pour voiler la lueur de contentement dans ses yeux noirs.

– Je partage votre avis, mère! fit Lydia contre toute

attente. Ce serait idéal car Jerome Hansford est l'ami de William; ainsi nous serions certains de toujours bien nous entendre. Tandis qu'avec un étranger, on ne peut jamais prévoir.

Elle avait accompagné ces paroles d'un regard significatif vers Isabella, blottie dans un coin comme à l'accoutumée, le nez plongé dans un livre.

– A propos, Lydia, intervint sa mère, quand donc les avocats de William intenteront-ils le procès de bornage contre cet affreux fermier, son voisin? Ton père refuse d'annoncer officiellement votre mariage tant que cette affaire ne sera pas réglée. Il a raison mais cependant il n'est pas recommandé de prolonger indéfiniment des fiançailles. Cela laisse trop de... liberté au jeune homme. Et de nos jours, termina-t-elle d'un air sombre, ils sont souvent si inconstants!

– Pas William! se rebiffa Lydia. Jamais il ne me serait infidèle!

– Cela m'étonnerait! intervint Augusta méchamment. Combien de fois l'ai-je vu se retourner sur un joli minois! Tu auras bientôt vingt-trois ans, ma chère sœur, et je te conseille de te rendre toi-même chez les avocats de William pour accélérer la procédure!

Une querelle animée s'ensuivit; Isabella en profita pour poser son livre et quitter subrepticement la pièce afin de se réfugier dans sa chambrette. Elle n'aurait pu supporter d'entendre les jérémiades incessantes de ses cousines, cela la déprimait bien trop. Non pas qu'Isabella fût portée à être mélancolique, loin de là. Au contraire, ses parents lui avaient enseigné dès sa tendre enfance à être optimiste même quand l'avenir s'annonçait sombre. De plus, sa mère – une femme ravissante, vive – lui avait appris à improviser avec des moyens de fortune et malgré la pauvreté du ménage, n'avait jamais perdu son caractère enjoué.

D'un autre côté, Isabella avait très peu d'illusions. Le

mariage était pour une jeune fille de bonne famille l'unique issue. Non seulement cette institution lui donnait un rang dans la société mais elle lui apportait la sécurité tout en lui permettant de se libérer du joug parental et de jouir d'une certaine liberté. En réalité, une jeune personne de bonne éducation disposait d'un choix limité d'emplois; même un poste de gouvernante restait très aléatoire.

Au début, Isabella avait été ravie à l'idée d'être hébergée par les Hursley. Mais elle s'était vite rendu compte du fossé profond qui existait entre ses trois cousines richement dotées et elle. Personne ne lui demanderait sa main; jamais elle ne posséderait ni maison ni serviteurs... jamais elle n'aurait de mari à chérir, d'enfants à aimer tendrement. Lady Hursley l'avait accueillie chez elle dans un but très précis. Une fois ses trois filles mariées, Isabella, célibataire, servirait de demoiselle de compagnie à sa tante, sans rémunération aucune et surtout, sans jamais être appréciée.

Jusque-là, Isabella avait jugé cette situation pénible; à présent, elle lui paraissait intolérable. Si Jerome avait été vaguement intrigué par l'orpheline, celle-ci, en revanche, était tombée amoureuse de lui tout de suite, dès la première rencontre. Isabella aimait Jerome Hansford, elle en était consciente, et jamais elle n'éprouverait envers un autre un sentiment aussi fort.

La jeune fille laissa échapper un profond soupir. « Inutile de me lamenter, se ressaisit-elle. Dans quelques semaines, Hansford aura quitté la région; et de toute façon, durant le reste de son séjour, il ne prêtera plus attention à Isabella Burnham. »

Par chance, le lendemain apporta une diversion et M. Hansford cessa temporairement d'être l'objet de toutes les conversations. Un gentilhomme venait d'arriver dans le pays. Il s'agissait du comte de Presles, âgé de vingt-huit ans. Cet aristocrate avait fui la France pendant la Terreur, perdant du coup domaine et fortune. Il était actuellement en visite chez une tante dont la situation financière laissait à désirer mais que l'on considérait avec un certain respect car elle avait été autrefois la maîtresse de feu le duc d'Orléans. Quant à Presles, il avait la réputation d'être très beau, de parler un excellent anglais et de vivre d'expédients. Sa tante – qui avait elle aussi eu le même mode de vie après avoir quitté la France en 1792, se rendit donc chez Lady Hursley et d'autres dames du voisinage pour les inviter avec leurs enfants à passer la soirée chez elle en vue d'y rencontrer son neveu.

Les trois demoiselles Hursley étaient ravies. L'existence aventureuse du comte de Presles leur semblait des plus romanesques. Leur mère, elle, soupçonnait ledit gentilhomme de chercher à épouser une riche Anglaise grâce au concours de sa tante. Mais comme le titre de Presles et son haut lignage impressionnaient Lady Hursley, elle accepta l'invitation.

Quant à Isabella, elle passa des nuits blanches à imaginer cette soirée. Elle serait au service de Lady Hursley... courrait lui chercher son thé, lui tendrait son éventail et serait condamnée à écouter sa conversation monotone tandis que tous les autres invités danseraient et s'amuseraient. Elle demanda à rester à la maison mais sa tante se montra insensible à sa prière. Isabella en fut donc réduite à attendre cette soirée fatidique dans les pires tourments.

Le matin du fameux jour, laissant les trois sœurs se disputer à propos des bijoux que chacune porterait, Isabella s'échappa de la maison et se dirigea vers les bois avoisinants. Elle s'y rendait souvent en promenade et prenait toujours soin d'apporter quelques douceurs à l'intention des enfants du village qui allaient y cueillir des fleurs sauvages ou des champignons. Ce jour-là, néanmoins, il n'y avait pas âme qui vive. Les oiseaux gazouillaient sur les branches; campanules et primevères égayaient les fossés de taches violettes et jaunes. La jeune fille marchait avec entrain dans le sentier. Quand elle atteignait enfin l'orée du bois, elle fut témoin d'une scène pitoyable.

Une femme, la mine abattue, était assise dans l'herbe. Pâle, maigre, prématurément vieillie, elle était vêtue de haillons et allaitait un bébé au teint cireux; un second enfant dormait à ses côtés. Le chef de cette misérable famille était accoté à une clôture. Grand, solidement charpenté, il avait les joues hâves et dans son regard se lisaient le désespoir et la colère. Dans un baluchon étaient enveloppés quelques outils; cet homme était sans doute l'un de ces nombreux ouvriers agricoles sans maison, errant de village en village dans l'espoir d'y trouver quelque ouvrage. Bouleversée, Isabella observait ces pauvres hères quand le garçonnet se réveilla. Comme elle sortait des friandises de sa poche, il s'approcha avec circonspection, puis saisit vivement un bonbon qu'elle lui tendait.

– Comment t'appelles-tu? s'enquit-elle.

– Tom.

– Quel âge as-tu, Tom?

Il hésita et se tourna vers sa mère.

– Quatre, bientôt cinq, répondit la femme d'une voix éteinte.

Isabella fut stupéfaite; elle ne lui aurait pas donné plus de trois ans.

– Je n'ai pas d'argent, je suis navrée... fit Isabella en se tournant vers le père.

– Nous ne sommes pas des mendiants! rétorqua-t-il avec un accent irlandais très prononcé.

Isabella connaissait la pauvreté de la paysannerie irlandaise; aussi rougit-elle de confusion.

– Nous n'avons pas besoin de votre pitié! insista l'homme brutalement en s'avançant vers elle.

– Que se passe-t-il? exigea une voix sévère.

Isabella fit volte-face; Jerome Hansford s'inclinait poliment.

– Ce gaillard vous menaçait-il, Miss?

– Non, non! Ce n'est ni un mendiant, ni un vagabond; c'est un ouvrier agricole. Et voilà son épouse et ses enfants! ajouta-t-elle comme Jerome fronçait les sourcils. La femme et le nourrisson sont malades. Ils ne pourront jamais continuer leur route! Il faut les aider.

– Pour quelle raison? s'enquit doucement le gentilhomme.

– Comment osez-vous parler de la sorte! jeta Isabella avec mépris. Une telle détresse ne vous émeut-elle pas? Quel monstre êtes-vous donc pour voir votre prochain souffrir sans réagir?

– Continuez votre promenade, ordonna Jerome, soudain blême. Je vous rejoins dans un instant.

Le ton était sans réplique. Pour cacher les larmes de déception et de rage qui perlaient à ses cils, Isabella tourna les talons et s'éloigna, tête haute. Au bout d'un moment, Jerome vint la retrouver.

– Lui avez-vous finalement donné quelque chose? demanda la jeune fille avec espoir.

– Oui, répondit le gentilhomme sans plus d'explications. Aimez-vous vous promener dans la campagne, Miss?

– Beaucoup. J'apprécie le calme, ajouta-t-elle en songeant aux querelles perpétuelles entre ses cousines.

Hansford avait-il deviné l'allusion sous-jacente à cette dernière remarque? Sans doute car, la mine amusée, il acquiesça de la tête et déclara d'une manière équivoque :

– En effet, on arrive même à se lasser de la meilleure des compagnies. Nous marchons tous deux dans la même direction, fit-il après un court silence. Si vous rentrez chez vous, me permettez-vous de vous raccompagner?

Le gentilhomme lui tendit le bras et le cœur de la jeune fille se mit à battre à grands coups dans sa poitrine. Elle était transportée de joie. Que diraient Augusta et sa mère de la voir se promener en compagnie de Jerome Hansford et bavarder avec lui comme s'ils étaient de vieux amis? Isabella imagina leur fureur et leur jalousie. Quant à Jerome, tout en causant, il examinait Miss Burnham avec attention. Il ne la trouvait pas jolie, mais plaisante. Si elle ne possédait pas le vernis de ses cousines, elle était dotée de charme et de spontanéité. Pauvre enfant! Quel genre d'existence pouvait-elle bien mener au milieu de ces trois petites chipies et de l'autoritaire Lady Hursley? songeait-il avec compassion.

Jerome jeta un coup d'œil admiratif aux chevilles fines de Miss Burnham tandis que cette dernière grimpait à un échalier. « Elle a certainement beaucoup souffert », médita-t-il. « Elle connaît la pauvreté; sa réaction envers cet ouvrier et sa famille le démontre clairement. » Soudain, pour quelque raison inexplicable, le gentilhomme se rappela l'avertissement de son ami William. « Oui, il a raison », se dit-il. « Si je ne prends pas garde, je vais tomber sous le charme de cette enfant à la chevelure flamboyante! »

– Vous devriez vous munir d'un châle plus chaud quand vous partez en promenade, Miss! déclara-t-il à voix haute en prenant un ton sévère.

– Oh, je ne m'enrhume jamais! On me trouve trop mince, je sais, mais je n'ai pas une mauvaise santé pour autant! Bien sûr, comme vous avez l'habitude des pays tropicaux, vous trouvez sans doute le temps bien frais en Angleterre.

– J'adore l'Angleterre, répliqua Jerome. J'ai beaucoup voyagé, certes, mais je passe le plus clair de mon temps dans ce pays.

– Comme j'aimerais parcourir le vaste monde, souhaita

Isabella. Voir les Indes, ses habitants, ses temples... me rendre jusqu'en Amérique du Sud, bien que je n'en connaisse rien du tout.

– C'est un continent fascinant. En une journée, vous en verriez plus là-bas pour frapper votre imagination qu'en six mois ici. J'y retournerai un jour, même si le voyage est long et pénible, car j'ai des intérêts financiers dans des mines d'argent au Brésil et j'aimerais faire une expédition dans l'arrière-pays.

– Afin d'y chercher des trésors?

– Non, par curiosité. De toute façon, si j'en trouvais un, les guides auraient tôt fait de me le prendre. Ils auraient bien raison, d'ailleurs, ajouta-t-il en voyant Isabella frissonner; ces richesses leur appartiennent après tout.

– Ce ne sont pas les guides qui les ont fabriquées et enfouies!

– Chère demoiselle, ce sont des gens comme vous qui dépouillent les pays de leur patrimoine. Songez aux œuvres d'art d'Italie ou de Grèce que l'on retrouve maintenant dans des collections privées!

– Mais si ces personnes n'apprécient pas...

Isabella s'interrompit; elle venait d'accrocher son châle à une ronce.

– Permettez-moi! fit Jerome à la jeune fille qui tentait de se dégager. Tenez, voilà!

Il avait retiré ses gants et l'attention d'Isabella fut attirée encore une fois par la cicatrice au dos de sa main.

– Vous vous demandez sans doute quelle est la nature de cette blessure...

– Oh, je suis désolée! s'excusa-t-elle en sursautant. Je ne voulais pas être impolie mais j'ai déjà vu des marques semblables et j'en connais la cause. Cela ressemble à un coup d'épée, poursuivit-elle en rosissant.

– Vous m'étonnez! s'exclama-t-il. Ah, j'oubliais, vous

êtes fille d'officier! En réalité, c'est la conséquence d'un coup de couteau reçu dans le port de Rio de Janeiro. J'ai eu la folie de m'y aventurer seul. Heureusement, j'y ai seulement perdu ma montre et de la menue monnaie... et non la vie.

– Il vous est arrivé bien des aventures!

– Trop! répliqua-t-il brusquement, l'air sombre. Et toutes ne se sont pas terminées aussi bien!

Le visage du gentilhomme respirait soudain l'amertume.

– Je suis d'un naturel instable, expliqua-t-il; je suis sujet à la mélancolie et à l'irritation.

– Je ne m'en étais pas rendu compte, répondit Isabella, mal à l'aise, ne sachant plus s'il parlait sérieusement ou non.

– Parce que vous ne me connaissez pas, ma chère demoiselle. Je détruis les gens.

– Qu'entendez-vous par là? chuchota-t-elle, abasourdie.

L'expression du gentilhomme se transforma du tout au tout.

– Pardonnez-moi! supplia-t-il en riant. Je n'avais nullement l'intention de vous effrayer.

– Je n'ai pas peur... pas de vous du moins, répliqua vivement Isabella. Mais... vous ne devriez pas tenir de tels propos sur vous-même.

– Je ne suis pas seul à le faire, riposta-t-il. Je vous propose d'emprunter ce raccourci, Miss. Il se fait tard; votre oncle et votre tante risquent de s'inquiéter.

L'arrivée d'Isabella au bras de Jerome mit la maisonnée en émoi. Les demoiselles Hursley étaient enchantées de revoir l'ami de William mais il s'excusa presque aussitôt sous prétexte qu'il était attendu.

– Où l'as-tu rencontré, Isabella? s'enquit Augusta en feignant l'indifférence.

– A l'orée du bois, tout près de la ferme du Père Stoke.

– S'y promène-t-il souvent?

– Je l'ignore mais il aime la marche, m'a-t-il dit.

– Il a une âme d'artiste et se plaît à communier avec la nature, déclara Augusta. Je partage moi aussi ces sentiments.

– Tu ne fais même pas le tour du jardin! raillèrent ses sœurs!

– C'est faux! s'écria Augusta, cramoisie. J'adore marcher! Avec le retour du beau temps, je reprendrai mes randonnées dans la campagne.

– Il est aisé d'en deviner la raison! se moqua Theresa.

Augusta prit son roman et avant de se replonger dans sa lecture, déclara calmement à sa cadette :

– Si tu veux aller à cette soirée, je te conseille de t'y prendre dès maintenant pour cacher ce bouton sur ton menton!

Theresa lui jeta un regard noir et alla se mirer dans la glace. Pendant ce temps, Isabella sortit discrètement de la pièce pour s'isoler dans sa chambre et y revivre en pensée les événements de la matinée. Elle aurait été fort intéressée d'entendre la conversation qui avait lieu au même moment entre Jerome et son ami.

– A propos, William, s'enquit M. Hansford, es-tu toujours à la recherche d'un aide-jardinier? Car je t'en ai trouvé un.

Sur ce, il entreprit de raconter à son ami sa rencontre avec la famille irlandaise sans toutefois lui dévoiler la présence d'Isabella.

– Cet homme n'est pas un jardinier! le contredit William, affolé.

– Il apprendra. Qui n'est pas capable de ratisser des allées et de nettoyer un vivier?

– Tout d'abord, il n'y a pas de vivier chez moi et ensuite, tu ne connais pas le Père Smith, mon jardinier! Il est très méticuleux. Comment lui expliquer que j'ai engagé un chômeur irlandais qui arrachera ses fleurs, engraissera les mauvaises herbes et plantera des pommes de terre dans les massifs de roses?

– Tu peux le prendre à l'essai! Allons, William, en l'honneur de notre vieille amitié!

– Tu ne connais rien de cet homme! Et si c'était un chenapan? Tu aurais pu te contenter de lui donner un shilling!

– Il voulait du travail et non l'aumône! rétorqua Jerome, le regard sombre.

– Fort bien, se résigna William. Il pourra loger avec sa famille dans la chaumière près du grand chemin. Il y a seulement une pièce et ils devront aller chercher l'eau à un quart de mille mais ce sera mieux que de coucher sur la dure. Je demanderai à ma femme de charge de leur porter des couvertures, ajouta-t-il.

– Que Dieu te bénisse, William, déclara Jerome en lui donnant une tape amicale qur l'épaule.

– Je n'aime pas voir des enfants coucher à la belle étoile. Cependant, je t'avertis! menaça-t-il. Tu seras responsable de lui. Après tout, si je l'engage, c'est parce que tu m'en as prié.

« S'il n'y avait pas eu Isabella », songea Jerome, « je les aurais laissés mourir de faim ». Elle a eu raison de se mettre en colère. Pauvre petite orpheline, si elle me connaissait mieux, combien elle me mépriserait!

Jerome leva les yeux; son ami l'observait avec curiosité.

– Quelle raison t'a poussé à insister de la sorte, Jerome? Pourtant, la charité n'est pas ton fort en temps ordinaire.

Jerome se dirigea vers la cheminée et donna un coup de pied sur les bûches bien empilées dans l'âtre.

– Pourquoi cet homme en particulier? insista M. Francis.

– C'est à cause des enfants.

– Tu me caches quelque chose. Que s'est-il passé ce matin?

– Rien du tout. J'ai croisé cet Irlandais dans les bois.

– Et tu t'es aussitôt dit : « voilà un homme qui mérite d'être aidé ». Allons, Jerome, je ne peux m'empêcher de trouver cela étrange de ta part...

– Je vois que j'ai une triste réputation! répliqua son ami d'un ton dur.

– Je ne voulais pas te blesser, je te le jure! déclara William, embarrassé. J'avais complètement oublié. Quel idiot je fais!

– De grâce, ne t'excuse pas. Tu as parfaitement raison. Pourquoi aurais-je voulu porter secours à cet homme quand jamais je n'ai aidé personne... même ceux qui y avaient droit...

– Tu exagères! Tu n'es pas un monstre, tout de même! Sapristi, tu es mon ami le plus cher, je te confierais ma fortune, ma vie! Mais... c'est la première fois que je te vois faire la charité. Mes paroles n'avaient rien de malveillant, rassure-toi!

Jerome força un sourire à ses lèvres.

– Tu es très bon, William, et je ne veux pas te mentir. J'ai rencontré la petite demoiselle Burnham à l'orée du bois. Elle venait de découvrir cet homme et sa famille et en était bouleversée. Voilà pourquoi j'ai pris la décision de leur porter secours.

– Ah! fit William, froidement. Isabella? Cela ne m'étonne guère qu'elle ait cherché à leur venir en aide. Je te saurais gré de ne pas mentionner cet épisode devant les Hursley. Oh, ils sont généreux, se hâta-t-il d'ajouter. Ils donnent des couvertures aux vieillards l'hiver et chaque année, ils organisent un grand souper pour les moissonneurs. Néanmoins, ils n'apprécieraient pas qu'Isabella parcoure la campagne en importunant les biens nantis pour aider les pauvres!

– Tu te trompes! répliqua Jerome d'un ton sec. Elle n'a rien fait de la sorte! Laisse cette pauvre enfant tranquille, pour l'amour du ciel! Elle n'est pas méchante pour un sou... elle a bon cœur. Par ailleurs, jamais je n'irai répéter quoi que ce soit aux Hursley, n'aie crainte. A mon avis, tu accordes beaucoup trop d'importance à cette histoire.

– Entendu, marmonna M. Francis en jetant sur son ami un regard perplexe. A ton aise!.

3

Durant l'après-midi, Isabella se lava les cheveux puis mit des papillotes. Elle s'agenouilla ensuite sur le sol devant un feu de cheminée et consulta des gravures de modes que recevait régulièrement de Londres Lady Hursley. La proximité des flammes lui brûlait la peau et lui donnait mal à la tête; mais, bien décidée à essayer quelques-unes de ces coiffures qu'elle avait sous les yeux, la jeune fille endura son mal avec un stoïcisme digne des premiers martyrs. Il était peu probable que Hansford lui adresse la parole ce soir-là mais elle tenait néanmoins à être à son avantage.

Les élégantes qu'elle voyait, songea-t-elle avec amertume, avaient toutes une poitrine plantureuse. Il n'y avait pas si longtemps, les femmes cachaient leurs formes sous d'amples robes à paniers. Aujourd'hui en revanche, la mode était aux drapés à la grecque qui laissaient tout deviner. Oh, si seulement elle avait l'allure de déesse d'Augusta! soupira-t-elle.

Isabella se releva pour prendre dans son armoire une robe rose pâle. Augusta la lui avait donnée; sans doute avait-elle cru que la teinte ne siérait pas à sa cousine. Une fois habillée et coiffée, la jeune orpheline se mira dans la glace. Le rose lui convenait à merveille; de plus, comme elle s'était légèrement poudré le visage avec de la fleur de farine, ses taches de rousseur étaient en grande partie cachées. Ne possédant malheureusement aucun bijou hormis les alliances de ses parents, elle épingla quelques fleurs à son corsage. Elle enfila ensuite ses gants, offerts gracieusement par Theresa et dont un pouce était raccommodé, prit son châle de dentelle, autrefois propriété de Lydia et dont un coin avait été mangé par l'un des chiens de Sir Henry.

Une fois prête, elle descendit dans le hall. Quand Lady Hursley l'aperçut, elle fut stupéfaite de la voir ainsi transformée. La dame se tourna aussitôt vers ses filles avec appréhension. « Mais un coup d'œil suffit à la rassurer : jamais Isabella ne pourrait leur faire concurrence. Quel dommage cependant qu'Augusta ait donné cette robe rose à sa cousine! Enfin... Isabella était de la famille, après tout... il ne fallait pas qu'elle soit trop mal habillée en public. »

– Tu es très bien, mon enfant! jeta-t-elle avec condescendance. En revanche, cette coiffure bouclée n'est pas du meilleur goût. Tu veilleras à cacher ton gant reprisé et à toujours rester à mes côtés.

Il y avait foule pour rencontrer le comte de Presles. Isabella, le cœur battant, suivit sa tante. Jamais Hansford ne l'apercevrait parmi tous ces invités. Lady Hursley se dirigea aussitôt vers un groupe de dames occupées à bavarder dans un coin; puis après avoir donné l'ordre à sa nièce de s'asseoir près du mur, elle se joignit à ses amies et l'oublia complètement. M. Perrier, le maître à danser, arborant une perruque poudrée, attaqua un morceau sur son violon et les invités se mirent à évoluer sur la piste.

– Chère Miss Burnham! s'exclama une voix dotée d'un fort accent. Vous ne dansez pas? Permettez-moi de vous présenter mon neveu, M. de Presles.

La jeune fille leva les yeux vers l'hôtesse. Elle était

accompagnée d'un grand jeune homme aux cheveux bruns; ce dernier s'inclina et prenant la main d'Isabella, la baisa.

– Enchanté de faire votre connaissance, mademoiselle, fit-il d'une voix douce et agréable.

– Armand! Miss Burnham ne danse pas! s'écria sa tante. C'est inadmissible!

– Oh, non! supplia Isabella, rouge de confusion. Je vous en prie! Je ne sais pas danser!

Presles parut surpris mais se ressaisit aussitôt.

– En fait, déclara-t-il en s'asseyant à ses côtés, je suis content de me reposer un peu. Ce maître à danser joue comme un possédé et je le soupçonne de ne plus pouvoir s'arrêter!

Isabella éclata de rire.

– On m'a présenté à tant de personnes, ce soir, poursuivit-il, que ma mémoire se brouille. Cette jeune fille aux cheveux blonds là-bas est, si je ne m'abuse, l'une de vos cousines, n'est-ce pas?

– Lydia? C'est exact.

– Son cavalier est-il son fiancé?

– Officieusement, oui.

– Je vois, murmura Presles; les tractations ne sont pas terminées...

– Plaît-il, monsieur?

– Ne tenez pas compte de mes remarques, Miss. Je suis un aventurier sans le sou et un individu médiocre; tous s'accordent pour le dire.

– C'est faux, j'en suis persuadée! riposta Isabella avec chaleur.

Elle avait apprécié tout à l'heure les bonnes manières du comte; n'était-il pas resté auprès d'elle même si elle lui avait refusé un quadrille?

– Détrompez-vous. Néanmoins, j'ai beaucoup de chance. Car sans être obligé de danser, j'ai réussi à retenir l'attention de la demoiselle la plus charmante de cette soirée.

– Vous vous moquez de moi! protesta Isabella, vexée.

– Point du tout! Je vous le jure!

Confuse, elle détourna la tête. Le jeune homme, voyant que son compliment galant avait déplu, changea immédiatement de sujet.

– Montrez-moi les deux autres sœurs Hursley.

Il avait donc déjà entendu parler des « sœurs Hursley »? Isabella n'en fut guère étonnée. Soudain, un désespoir sans nom lui étreignit le cœur; sur la piste, la belle Augusta, élégante, sûre d'elle, dansait au bras de Jerome Hansford. Celui-ci lui souriait et lui murmurait sans doute quelque parole flatteuse car elle était radieuse. Ils forment un beau couple, songea tristement Isabella.

Presles avait suivi le regard de son interlocutrice et avait aussitôt compris; une lueur de sympathie étincela brièvement dans ses yeux.

– Voilà Augusta avec M. Hansford, expliqua Isabella en tentant de maîtriser le tremblement de sa voix. Et plus loin, en jaune, Theresa.

– Elle me semble bien jeune pour porter une robe et une coiffure aussi élaborées, désapprouva Presles.

– A cause de ses sœurs aînées, elle a débuté un peu plus tôt dans le monde, admit Isabella. Mais elle est mûre pour son âge et languirait toute seule à la maison.

– D'après moi, c'est une erreur de forcer une rose à éclore trop vite; ses pétales n'en faneront que plus tôt, déclara le comte d'une voix grave.

Isabella observa son voisin avec curiosité, étonnée par tant de sévérité chez cet homme du monde.

– Depuis combien de temps habitez-vous chez votre oncle et votre tante? s'enquit-il.

– Depuis près d'un an.

– Vos cousines n'ont-elles pas eu le loisir de vous enseigner à danser?

– Quand je suis arrivée, je portais encore le deuil, expliqua la jeune fille sur la défensive. En outre... je ne serais pas une bonne élève.

– Nous verrons bien! Pendant mon séjour, j'ai l'intention de vous apprendre à danser, Miss.

– Isabella! lança tout à coup une voix stridente.

Lady Hursley, le visage cramoisi, jeta sur sa nièce un coup d'œil hostile.

– Ma chère enfant! Où étais-tu donc? Ah, comte! Comme vous êtes bon de faire la conversation à ma nièce! Elle apprécie vos attentions, j'en suis sûre, n'est-ce pas, Isabella? Elle est si timide et ne sort pratiquement jamais. Combien elle est différente de mes filles! Elles danseraient toute la nuit si elles en avaient la possibilité.

Presles perdit du coup toute sa gaieté et prit pour répondre à la dame un air compassé. Les trois sœurs dansaient avec grâce, affirma-t-il, et toute l'assistance devait envier Lady Hursley d'avoir des filles aussi charmantes. Satisfaite, la dame eut un sourire béat et se mit à éventer son visage congestionné. Isabella venait de découvrir la profonde stupidité de sa tante. Puisque ses enfants étaient des beautés et que tous s'accordaient là-dessus, pourquoi insistait-elle constamment pour se l'entendre dire?

Sur les entrefaites arriva Theresa, les yeux brillants de joie. « Le comte a tout à fait raison », remarqua Isabella, étonnée de ne pas y avoir songé plus tôt. Elle est trop jeune pour être ici ce soir! »

– Vous ne dansez pas, monsieur? minauda Theresa à l'adresse de Presles.

– Si votre carnet n'est pas rempli et si vous n'êtes pas trop fatiguée, je me ferai un plaisir de vous accompagner, répondit-il.

– Fatiguée? s'écria Theresa. Jamais de la vie! La soirée vient à peine de commencer. Pourquoi serais-je lasse?

– Parce qu'il est déjà très tard, fit Presles calmement, et je ne vous ai pas vue vous asseoir une seule fois, mademoiselle!

Se méprenant sur le sens de ces paroles, Lady Hursley tapota le bras du comte avec son éventail.

– Vous observiez ma petite fille, comte, avouez! minauda-t-elle.

– J'ai observé toutes vos jeunes demoiselles, corrigea-t-il en se tournant vers Isabella pour lui sourire.

– Theresa a encore de la place sur son carnet, j'en suis certaine! se hâta d'ajouter la dame.

Puis prenant sa benjamine par le poignet, elle la poussa littéralement au bras de Presles.

– C'est un jeune homme charmant! commenta Lady Hursley d'un ton pensif en regardant le couple s'éloigner. Dommage qu'il n'ait pas le sou. N'empêche que...

Jerome mit longtemps avant d'apercevoir Isabella dans son coin. En réalité, dès son arrivée, il l'avait cherchée des yeux; il en était à conclure qu'elle n'était pas venue à la soirée quand il entrevit un chignon roux et bouclé derrière Lady Hursley. Il pressa le pas dans cette direction mais s'immobilisa soudain avec stupéfaction. L'enfant maigre et gauche s'était transformée en une jeune femme – timide et mince, certes – mais jolie et élégamment vêtue. Quant à Isabella, elle rosit en voyant Jerome et son cœur se mit à battre la chamade. Le séduisant gentilhomme dépassait en distinction tous les autres invités. Sa veste verte s'ouvrait sur un gilet d'une blancheur immaculée, une chemise à jabot et une cravate nouée avec une désinvolture étudiée.

– Bonsoir, Miss, fit Jerome avec un sourire.

– Bonsoir, monsieur, chuchota-t-elle, la gorge serrée.

– Votre robe est très jolie. Ce rose vous sied à ravir, vous devriez porter cette couleur plus souvent.

Il avait sans doute deviné que cette toilette lui avait été offerte car jamais elle n'aurait eu les moyens d'acheter une étoffe aussi coûteuse. Au lieu d'être flattée par ce compliment, Isabella en fut au contraire humiliée; aussi, quand elle le remercia, le fit-elle d'un ton sec.

– Je suis heureux... commença-t-il.

– Cher monsieur Hansford! l'interrompit Lady Hursley en posant une main potelée sur le bras du gentilhomme. Je vous cherchais justement!

Sur ce, la dame se lança dans un discours interminable et totalement incompréhensible qui s'acheva quand le maître à danser, après une pause de quelques minutes, reprit son archet et en donna quelques coups saccadés sur son pupitre. Grâce à cette interruption, Jerome réussit enfin à placer un mot. Il avait promis la prochaine danse à une jeune personne et devait se hâter de retrouver sa cavalière, expliqua-t-il.

Après son départ, Lady Hursley fit remarquer à sa voisine d'une voix assez forte pour être entendue des autres dames :

– Ce charmant jeune homme poursuit Augusta de ses assiduités! Entre nous, Augusta est la plus belle de mes filles et ferait une épouse idéale! Si M. Hansford demandait sa main, je n'en serais pas fâchée!

Isabella roula son gant rapiécé en boule et contempla fixement sans les voir les danseurs qui tourbillonnaient sur la piste. Ses beaux rêves venaient de s'écrouler. Plus tard, dans son lit, elle versa des larmes amères tandis que dehors, dans les ténèbres, un hibou poussait des hululements lugubres.

– Oh, non, pas Augusta! chuchota-t-elle. Qu'il épouse n'importe qui sauf Augusta! Elle ne l'aime pas et cherche uniquement à le conquérir afin de l'exhiber tel un trophée de chasse! Qu'il ne jette plus les yeux sur moi, soit. Mais je ne saurais supporter de le voir se plier aux caprices et aux sautes d'humeur d'Augusta!

4

– Les demoiselles Hursley t'ont-elles fait bonne impression, Armand? demanda le lendemain la tante de Presles à son neveu. Elles sont réputées pour leur beauté dans le pays!

– Je n'en doute pas, répondit-il sans enthousiasme.

– Ne t'ont-elles pas plu? Elles sont très riches!

– Et moi, très pauvre, ricana-t-il avec amertume. Donc, l'une d'entre elles devra fatalement s'éprendre de moi.

– Allons, Armand, pour le moment tu n'as pas le sou mais quand la situation se sera rétablie en France...

– Si jamais elle se rétablit! Et quand bien même cela se produirait, que restera-t-il de mon héritage? Non, non, ma chère tante, on ne peut retourner en arrière; je dois gagner ma vie. Le mariage, toutefois, me semble un métier fort difficile.

– Trêve de plaisanteries, Armand! Je parle sérieusement. N'importe laquelle d'entre elles serait pour toi une épouse idéale. Elles sont belles, riches et, soit dit entre nous, les parents ne sont pas particulièrement intelligents. Ils ne s'y opposeront pas.

– Elles possèdent en effet toutes ces qualités, acquiesça le comte, mais n'en sont que trop conscientes. Elles m'ont paru affectées, trop sûres d'elles, trop gâtées! Dommage!

Si seulement elles prenaient exemple sur leur cousine... cette jeune fille est charmante.

– Ah, la pauvre enfant! s'exclama sa tante avec sympathie. Elle est très agréable, en effet! Cependant, tu es le seul à l'avoir remarquée hier soir.

En cela, la dame se trompait; mais, tout comme son neveu, elle ne pouvait le savoir.

– Comment ne pas distinguer cette jeune fille? s'écria ce dernier, furieux, en quittant son fauteuil d'un bond. Comment pourrait-on lui préférer l'une de ces coquettes aux toilettes trop recherchées? Elle est aussi jolie que ses cousines et sait se coiffer et se vêtir avec simplicité. Les demoiselles Hursley étaient attifées avec un mauvais goût choquant; quant à la benjamine, elle aurait dû être en train d'apprendre ses leçons au lieu de s'amuser au bal – on aurait dit une dame d'âge mûr avec un visage d'enfant. L'effet était des plus grotesques!

– Mon cher Armand! Chacune recevra vingt mille livres de dot, ne l'oublie pas! Elles seront donc reçues partout et ne manqueront jamais de soupirants. Voilà pourquoi Theresa n'est pas tenue de continuer ses études. Quant à Isabella, comme elle n'a pas un sou, il ne lui est d'aucune utilité de se mettre en vue.

– C'est ridicule! riposta Presles en se laissant tomber sur son siège. Pis que cela, c'est honteux! Avez-vous vu comment la traite sa tante? Isabella vaut mieux que toutes ses filles réunies et cette mégère le sait; c'est pourquoi elle tente de l'écarter!

– Prends garde, Armand! Tu tiens le langage d'un amoureux!

Presles haussa les épaules. Puis, après un moment de silence, il déclara calmement :

– Eh bien... peut-être le suis-je...

Dès son lever, Isabella, les yeux rougis, rangea sa robe rose avec un soupir; puis elle natta ses cheveux – ébouriffés tellement elle s'était tournée dans son lit durant sa nuit blanche – et en fit un chignon. Quand elle descendit, sa tante dormait encore et Sir Henry était déjà dans la serre. Dans la salle à manger, les trois sœurs échangeaient gaiement leurs impressions sur la soirée de la veille et feignirent d'ignorer leur cousine lorsqu'elle ouvrit la porte. Attristée, l'orpheline remonta à sa chambre pour y prendre son chapeau de paille et son châle puis partit en promenade dans l'espoir de chasser sa mélancolie.

Pour tenter d'effacer de sa mémoire sa rencontre de la veille avec Jerome, la jeune fille tourna délibérément le dos aux bois et s'engagea sur un sentier sablonneux bordé de haies touffues. Elle marchait depuis une dizaine de minutes quand elle entendit des bruits de sabots. Isabella ne tenait pas à rencontrer qui que ce soit et être ainsi forcée de faire la conversation. Par bonheur, elle passait justement devant une chaumière en ruines et s'y réfugia sur-le-champ. Contre toute attente, la maisonnette était occupée... par une chatte qui avait choisi cet endroit retiré pour mettre bas. D'instinct, l'animal se plaça devant ses chatons pour les protéger, fit le gros dos, poussa un sifflement féroce et cracha. Dans l'obscurité, Isabella entrevit uniquement deux yeux étincelants. Terrorisée, elle hurla et se précipita dehors.

Au même moment, le cheval arrivait à la hauteur de la maisonnette. En apercevant tout à coup Isabella dans l'embrasure de la porte, il hennit de peur et se cabra. Plongé dans ses pensées, le cavalier fut pris au dépourvu. Projeté de sa selle, il retomba lourdement sur le sol tandis que la monture, effrayée, partait au galop. Isabella accourut aussitôt vers le blessé et sans se soucier de la poussière, s'agenouilla à ses côtés. A sa grande horreur, elle s'aperçut que c'était Jerome Hansford. L'espace d'un instant, elle le crut mort; mais il s'était seulement évanoui.

– Quelle sotte je suis! se lamenta-t-elle. C'était simplement une chatte et j'ai fui comme s'il s'était agi d'une bête sauvage! Oh, que faire?

Devrait-elle courir jusqu'à la ferme la plus proche, située à un quart de mille? Ou donner elle-même au blessé les premiers secours? A quelques mètres se trouvait une source. Isabella y courut, trempa son mouchoir dans l'eau limpide puis revint auprès de Hansford pour lui rafraîchir le front. Elle se mit ensuite à caresser sa joue avec douceur mais retira vivement sa main quand elle l'entendit gémir.

– Miss Burnham! marmonna-t-il en entrouvrant les yeux. Comment diable...

– Vous avez fait une chute, monsieur, expliqua Isabella tout en se demandant s'il connaissait la cause de cet accident. Votre cheval s'est enfui, j'en ai bien peur, ajouta-t-elle en glissant un bras sous les épaules du blessé pour l'aider à se relever.

– Il rentrera à la maison, fit ce dernier, l'air inquiet, une fois sur pied. William me croira grièvement blessé.

Hansford se mit à marcher à pas lents. Isabella lui avait offert son bras pour l'aider. A vrai dire, sans l'aide maladroite de la jeune fille pour le soutenir, Jerome se serait déplacé avec plus de facilité. Cependant, jamais pour tout l'or du monde, il n'aurait voulu qu'elle retire son bras. Le petit visage anxieux constellé de taches de rousseur qu'elle levait vers lui était si charmant, son nez si adorablement retroussé! Dans son affolement, Isabella avait perdu son chapeau; sa somptueuse chevelure s'était répandue et retombait en cascade sur ses épaules.

– Vous me trouvez sans doute ridicule d'être tombé ainsi, s'excusa-t-il enfin. Je rêvais, je crois.

– Je... c'est ma faute, commença la jeune fille, déterminée à tout avouer.

– Quand un cavalier chevronné fait une chute alors que

sa monture avance au pas sur un sentier de campagne, c'est lui qui est à blâmer. Allons, poursuivit-il avec un sourire, ne prenez pas cette mine terrifiée! Je n'ai rien de cassé!

Isabella acquiesça d'un signe de tête. Elle semblait bouleversée, songea Jerome en l'examinant avec attention, à la fois flatté et troublé d'être la cause d'une telle inquiétude. Le père de la jeune orpheline était mort peu de temps auparavant d'une chute de cheval, se souvint-il alors; aussi le gentilhomme se réprimanda-t-il de sa propre suffisance. Cela devait lui rappeler la fin tragique du capitaine, songea-t-il.

Peu de temps après, M. Francis arriva en compagnie d'un valet.

– Je ne sais comment vous remercier, Miss, affirma William. J'ai été tellement inquiet en voyant le cheval revenir seul!

Isabella évita son regard; elle avait l'impression d'être une criminelle.

– Ne t'affole pas, William! lança Jerome. Je me porte comme un charme.

– Prends le cheval de mon domestique, ordonna son ami, mi-rassuré mi-ennuyé. Es-tu capable de monter?

Jerome lui jeta un coup d'œil sévère avant de se retourner vers Isabella pour la remercier encore une fois. Puis, il sauta en selle et s'éloigna avec William. Le valet les suivait à pied. Quant à Isabella, elle reprit le chemin du retour.

Elle était perplexe. Devait-elle faire part de l'incident aux Hursley? Elle prit enfin la décision de ne rien dévoiler pour ne pas être forcée de répondre aux innombrables questions que l'on ne manquerait pas de lui poser. Hélas, ce fut là une grossière erreur. Le récit de la mésaventure de Hansford, considérablement enjolivé, eut tôt fait d'être connu de tout le pays. Aussi le silence d'Isabella, l'héroïne du drame parut d'autant plus suspect.

– Chaque fois que tu sors en promenade, tu croises Jerome Hansford! Curieuse coïncidence, n'est-ce pas? jeta d'un ton sec Augusta, furibonde.

– C'est un pur hasard! se défendit Isabella.

– Et s'il a été désarçonné précisément sous tes yeux, est-ce encore par hasard? railla sa cousine.

– Comment oses-tu! explosa l'orpheline, piquée au vif. Pour quelle raison vous tairais-je un rendez-vous avec M. Hansford ou tout autre gentilhomme? Je n'ai rien à vous cacher! Mon père était le frère de votre mère et j'en ai assez d'être traitée comme une domestique et de savoir le moindre de mes gestes épié! Si j'ai choisi de ne rien dire, cela ne regarde personne!

– Ça, par exemple! suffoqua Lydia tandis qu'Isabella sortait vivement de la pièce en claquant la porte. Quelle mouche l'a piquée tout à coup?

– Elle se sent coupable! Cette petite ingrate voyait Hansford en cachette! Qu'à cela ne tienne, nous y mettrons vite fin!

Ce soir-là, après le thé, Lady Hursley quitta avec majesté son fauteuil de prédilection et pria sa nièce de la suivre.

– Viens, Isabella; j'aimerais te parler, ma chérie.

Malgré le ton mielleux, Isabella ne se fit pas d'illusion. Tout en emboîtant le pas à sa tante, son cœur battait à grands coups. Une fois dans son boudoir, Lady Hursley s'assit sur un tabouret tapissé de soie et observa sa nièce durant un moment avant de commencer d'un ton digne :

– Ma chère enfant, je souhaite ton bien-être, tu le sais; et je tiens à t'éviter tout chagrin inutile.

– Oui, ma tante, fit Isabella, sachant fort bien que Lady Hursley attendait cette réponse.

– Je vais te parler en toute franchise, Isabella. Le mariage de tes parents est un exemple flagrant – et lamentable – de ce qui risque de se produire quand un homme épouse une jeune fille pauvre uniquement par bravade.

Les yeux d'Isabella lancèrent des éclairs.

– Ma chère mère était la personne la plus douce, la plus merveilleuse de la terre! Ils s'adoraient tous les deux. D'ailleurs, c'est la mort de maman qui a poussé papa à boire car il n'arrivait pas à l'oublier. Ils s'aimaient... et n'avaient pas besoin d'argent!

Le teint rubicond de Lady Hursley vira au rouge foncé.

– Permets-moi de te contredire, Isabella! Au contraire, ils ont toujours eu besoin d'argent! On t'a caché la vérité. Dès son mariage, ton père a commencé à s'endetter. C'était un homme plein de qualités, certes, mais dont les lubies étaient pénibles à supporter pour sa famille. Évidemment, tu aimais ta mère et tu dois, bien sûr, respecter sa mémoire et celle de ton père. Cela va de soi. Mais n'oublie pas qu'à la mort de ce dernier, tu t'es retrouvée à la rue. Que serais-tu devenue si nous n'avions pas été là pour te recueillir?

– Je vous dois beaucoup, ma tante. J'en suis consciente et je vous en serai éternellement reconnaissante.

– Parfait. Tu es une bonne fille, dans le fond, Isabella. Mais tu es encore jeune et inexpérimentée; il est donc de mon devoir de te mettre en garde et de t'empêcher de faire des sottises. Tu t'es imaginée tout à coup amoureuse de M. Hansford. Est-ce que je me trompe?

Livide, Isabella ne répondit pas. Cette femme odieuse, assise devant elle, semblait connaître ses secrets les plus intimes; elle se délectait à calomnier son propre frère, à déformer la vérité pour satisfaire son esprit pervers, à exercer son autorité sur tout le monde.

– J'avais donc raison, poursuivit cette dernière, interprétant le silence de sa nièce comme un aveu. Mais c'est une erreur! Tu es bien apparentée, certes, et tu n'es pas laide malgré ces fâcheuses taches de rousseur. Ton apparence s'est d'ailleurs beaucoup améliorée depuis ton arrivée dans cette maison. L'amitié de tes cousines t'a fait beaucoup de bien; je l'ai remarqué. Néanmoins, comme ton oncle et moi devons donner une dot à nos filles, il nous sera impossible d'en faire de même pour toi. Ta propre mère, la fille d'un colonel réformé, ne t'a pas laissé un seul bijou! En outre, ma chère enfant, l'éducation que tu as reçue est pour le moins excentrique. Comparée à tes cousines, tu es ignorante! Tu n'a jamais eu de leçons de dessin ou de musique, je suppose. D'après toi, Hansford, habitué à fréquenter des gens riches et cultivés, prendrait-il pour épouse une petite orpheline pauvre et ignorante?

– Non, ma tante; jamais cette pensée ne m'a effleuré l'esprit.

Lady Hursley demeura abasourdie.

– Dans ce cas, comment intepréter ton engouement, Isabella? Enfin... au moins tu te rends compte qu'il ne saurait être question de mariage entre vous et cela me rassure... Ce gentilhomme – tu t'en es sans doute aperçue – a témoigné un vif intérêt pour Augusta. Ils sont tous deux, à mon avis, parfaitement assortis. Je ne voudrais pas voir ce projet échouer par ta faute.

– Si ma cousine et M. Hansford s'aiment, ma tante, jamais je ne tenterai de m'interposer entre eux!

Lady Hursley fixa sa nièce d'un air sceptique puis décida de la croire sur parole.

– Je suis soulagée de te savoir si raisonnable, mon enfant. Je ne te soupçonne pas d'avoir combiné ces rencontres avec Hansford mais il serait préférable que tu restreignes à l'avenir tes promenades au parc. Est-ce bien compris?

Le lendemain matin, Isabella était assise au petit salon occupée à rafraîchir une vieille capeline de Theresa quand, à son grand étonnement, le comte de Presles se fit annoncer. La jeune fille se confondit en excuses car sa tante et ses cousines étaient parties faire des achats à la ville voisine. Presles, toutefois, ne sembla pas regretter l'absence de ces dames.

– Il fait un temps superbe, Miss. Puis-je me permettre de vous proposer une sortie dans le parc?

– Avec plaisir. Je fais un dernier point à ce chapeau et je suis à vous... Voilà!

– Charmant! approuva le visiteur.

– J'en suis très contente, fit Isabella en se regardant dans la glace. Theresa allait le jeter; je l'ai récupéré à temps.

– Il vous sied mieux qu'à Miss Theresa Hursley, j'en suis convaincu! déclara vivement Presles.

Ensemble, ils sortirent dans le jardin où les roses commençaient déjà à éclore.

– Elles sont très belles, remarqua Presles, mais je préfère les fleurs sauvages. Les roses n'auront jamais le charme de ces jonquilles, par exemple, que l'on aperçoit là-bas sous cet arbre.

Isabella appréciait ce jeune homme, gentil, aimable et par-dessus tout, très simple.

– Si j'en prenais une, poursuivit-il, remarquerait-on sa disparition?

– Jamais de la vie! s'exclama Isabella en riant avant d'aller cueillir la plus jolie jonquille pour la lui remettre.

– Vous êtes devenue très célèbre du jour au lendemain, Miss! affirma le comte de but en blanc en glissant la fleur dans sa boutonnière. Vous avez secouru ce pauvre Hansford! Tous en parlent!

– Parce qu'ils n'ont rien de mieux à faire! trancha-t-elle. Ce fut un incident des plus banals et je n'ai rien fait du tout!

« A part en être la cause », ajouta-t-elle intérieurement.

– Ne lui avez-vous pas sauvé la vie? J'attends le récit palpitant de cette aventure!

– Est-ce donc la raison de votre présence ici, comte? Vous m'étonnez! Je ne vous croyais pas friand de ragots!

– Oh! Mais je..., balbutia le jeune homme.

– Vous êtes trop sensé pour cela, se reprit Isabella d'une voix radoucie. D'ailleurs, je ne veux plus en entendre parler! conclut-elle, les larmes aux yeux.

« Ha! », songea Presles. « La famille n'aura pas apprécié; Lady Hursley nourrit, si je ne m'abuse, certains projets pour Hansford. »

– Allons, fit-il à voix haute en serrant le bras de sa compagne, cessez de pleurnicher!

– Je ne pleurniche pas!

– Pardonnez-moi et oublions cela.

– Ah, oui, s'il vous plaît! acquiesça Isabella avec reconnaissance.

– L'absence de la redoutable Lady Hursley me réjouit! déclara Presles gaiement. Cette dame est un véritable dragon... énorme, monstrueux...

– Chut! Ne soyez pas si...

– Si franc?

– Non, si grossier!

– Ne partagez-vous pas mon avis?

– Même si c'était le cas, répliqua Isabella avec dignité, je ne l'avouerais pas car j'habite cette maison et j'en sais gré à ma tante.

– Financièrement, vous n'êtes certainement pas un lourd fardeau pour les Hursley, fit remarquer le comte en jetant un coup d'œil sur la capeline de la jeune fille.

– Tant mieux! Un homme, en revanche, se tire plus facilement d'affaire. Il peut, par exemple, s'enrôler dans l'armée ou encore jouer aux cartes pour gagner sa vie. Jouez-vous aux cartes, comte?

– C'est là ma principale source de revenus, Miss.

– Moi, j'en serais incapable. Je ne suis même pas apte à devenir gouvernante car je ne suis pas assez instruite. Si seulement j'avais été un garçon!

– Quelle carrière auriez-vous choisie?

– Les armes!

– Vous auriez fait un excellent général, Miss!

– Ou plutôt un humble fantassin!

Ils riaient de bon cœur lorsque Sir Henry fit soudain irruption derrière une haie en brandissant une bêche.

– Ah, comte! Vous admirez mon œuvre, n'est-ce pas? Suivez-moi! Viens, toi aussi, ma petite rouquine! Pardon... Isabella!

Les deux jeunes gens se regardèrent. Presles eut une moue comique et Isabella s'esclaffa avant d'emboîter le pas à son oncle. Celui-ci ne fit grâce au Français d'aucun recoin de son cher jardin et discourut avec enthousiasme sur les arbustes, les belvédères et le fumier... Presles l'écoutait avec une attention toute respectueuse.

Au moment où le visiteur prenait congé, Isabella se demanda soudain s'il n'avait pas fait exprès de venir en l'absence de ces dames afin de la trouver seule. « Mais non, je me fais des idées », se dit-elle, mal à l'aise.

– Lydia, ma chérie, confia Sir Henry à son aînée, ta petite cousine, si je ne m'abuse, a un soupirant. J'ai vu un jeune homme lui voler un baiser derrière la haie!

Stupéfaite, Lydia laissa tomber son livre.

– C'est le comte de Presles, poursuivit son père. Charmant jeune homme! Il s'intéresse beaucoup aux pièces d'eau. Je suis vieux mais je sais encore reconnaître un amoureux, surtout quand il arbore à la boutonnière l'une de mes jonquilles... gage de sa bien-aimée, sans doute. Elle deviendra comtesse de Presles, note bien mes paroles...

Lydia s'empressa d'aller répéter à Augusta les propos de son père.

– J'en parlerai à William! déclara-t-elle. Et il en fera part à Hansford. Quand celui-ci apprendra qu'Isabella aspire à devenir une comtesse française, il sera furieux!

Comme prévu, William rapporta la nouvelle à Jerome sans se douter toutefois du choc qu'il infligeait à son ami. Quant à ce dernier, il se demanda pourquoi cette rumeur lui faisait perdre ainsi tout son sang-froid. Cela l'agaçait.

– Je ne suis guère étonné, s'écria M. Francis sans réfléchir, plongé dans la lecture de son journal. Elle est naturellement attirée par son titre, même s'il ne représente plus rien. D'après la *Gazette,* cependant, Bonaparte se propose de devenir empereur des Français et d'inviter la vieille aristocratie à rentrer en France. Peut-être Isabella est-elle au courant?

– Je vois assez mal Miss Burnham tenter de prévoir les manœuvres politiques de Napoléon pour planifier son avenir, grommela son ami. Pour moi, c'est une fausse rumeur. Presles ne peut se marier; de quoi vivraient-ils tous deux?

– Je le tiens de Lydia, déclara William avec assurance. Jamais elle ne répète une nouvelle dont elle n'est pas parfaitement sûre.

Comme Jerome ne tenait pas à mettre la parole de Miss Lydia en doute, il ne répondit pas et se contenta de fixer d'un air maussade la bouteille de Bordeaux.

– Tente ta chance auprès d'Augusta ou Theresa, conseilla sagement M. Francis. Elles sont toutes deux charmantes et jouissent chacune d'une dot de vingt mille livres.

– Pourquoi êtes-vous tous si inquiets à mon sujet? lança

Jerome avec amertume. A vous entendre, on dirait que je me propose de me jeter aux pieds de Miss Burnham.

– C'est déjà fait, non? nargua William en abaissant son journal pour adresser un sourire taquin à son ami. Tout droit de la selle jusqu'aux pieds de la demoiselle.

– Très drôle! Je tiens néanmoins à t'avertir d'une chose. Si vous persistez à me conseiller de ne pas tomber amoureux d'Isabella, eh bien, pour vous ennuyer, je ferai exactement le contraire. Tu peux répandre la nouvelle.

5

Par des allusions à peine voilées, Lady Hursley s'empressa de laisser sous-entendre à son entourage que M. Hansford était sur le point de demander la main d'Augusta. Cette dernière avait même commencé à traiter Jerome avec ce mélange de coquetterie et de possessivité que réservent les jeunes filles aux hommes sur lesquels elles ont jeté leur dévolu. Le gentilhomme en question ne pouvait manquer de remarquer ce manège par trop évident. Quelques personnes allèrent même jusqu'à murmurer à voix très basse, car Lady Hursley avait l'ouïe fine et la langue acérée, que si Hansford ne songeait pas à offrir son nom à Miss Augusta, il avait tout intérêt à ne plus se montrer en société.

Jerome, néanmoins, n'avait nullement l'intention de partir. Il passait un séjour plaisant en l'agréable compagnie de William et c'était sans doute sa dernière visite chez son ami avant son mariage. Il ne serait plus question de revenir lorsque Lydia dirigerait la maison. D'avance il plaignait William car il trouvait sa future épouse redoutable.

Oui, il resterait encore quelque temps dans le Surrey avant de rentrer à Londres. Augusta, il est vrai, occupait souvent ses pensées. Ravissante, particulièrement attirante, elle savait s'appuyer sur son bras un peu plus longtemps que ce n'était nécessaire, lever vers lui des yeux étincelants tout en entrouvant la bouche avec un sourire charmeur. Mais sous sa douceur apparente, elle était en réalité impitoyable. Chose curieuse, cependant, chaque fois que Jerome songeait à Augusta, il pensait également à un garçon manqué, mince, le visage constellé de taches de son, les cheveux roux et portant des vêtements usagés.

– Je n'aime pas voir ce Presles fréquenter Miss Burnham! déclara-t-il un jour à William. Elle est très jeune et sans doute fort impressionnable. De plus, elle n'a personne pour veiller à ses intérêts.

– Que fais-tu de Sir Henry et Lady Hursley? riposta William, piqué au vif par cet affront dirigé vers ses futurs beaux-parents.

– Bien sûr, concéda Jerome, peu convaincu. Je serais désolé, toutefois, de la savoir malheureuse.

– Moi aussi, admit William. J'aime bien Isabella. Elle a la tête sur les épaules. Après tout, Presles n'est pas un si mauvais parti!

– Allons donc! Il n'a rien à lui offrir! répliqua Jerome avec une véhémence inattendue.

– Peut-être ne partage-t-elle pas ton avis. De toute façon, qu'est-ce que cela change pour toi?

– Rien du tout. A la place de Sir Henry, je me renseignerais soigneusement sur la situation financière du comte. Mais tu as raison, ce n'est pas mon affaire. Je pars en promenade; à tout à l'heure.

Le gentilhomme prit son chapeau et sa canne des mains du maître d'hôtel puis s'en fut en direction du bourg situé à une faible distance. Il n'y avait pas un seul nuage pour troubler le ciel d'azur; les champs étaient déserts mais plusieurs charrettes doublèrent bruyamment le promeneur.

Quand Jerome arriva aux abords de la ville, il comprit pourquoi la circulation était si dense. C'était jour de marché. La foule se dirigeait vers la place d'où parvenaient les beuglements du bétail, les sifflements et les cris des conducteurs, les jappements des chiens. Dans l'air s'élevaient l'odeur douceâtre des bestiaux, la senteur âcre des chevaux. Devant chaque auberge, des paysans en blouse, rougeauds, échevelés, avalaient de grandes rasades de bière accompagnées de tourtes au mouton fumantes, de cornichons et de fromage. Leurs femmes, solidement charpentées, tricotaient tout en bavardant ou marchandaient œufs, fromage et beurre.

Le destin veillait toutefois sur Jerome Hansford et Isabella Burnham. Malgré l'affluence, ils se croisèrent au coin d'une rue. La jeune fille rougit, le gentilhomme blêmit. Jerome se découvrit vivement, referma sa bouche qui, d'étonnement s'était ouverte, se racla la gorge et déclara avec emphase :

– Miss Burnham! Quelle surprise! Comment vous portez-vous?

– Fort bien, monsieur, répondit Isabella d'une petite voix. Je voulais justement vous remercier... à propos du nouvel aide-jardinier de M. Francis.

– Ah! Vous êtes au courant? fit Jerome, embarrassé.

– Oui. Je suis désolée de vous avoir parlé sur ce ton ce jour-là; j'ignorais que vous agiriez avec autant de bonté.

– Le mérite vous revient car c'est vous qui m'avez convaincu. Que se passe-t-il? s'enquit le gentilhomme en voyant Isabella pâlir. Cet arrangement vous déplairait-il?

– Oh, non, pas du tout! se hâta-t-elle de répondre. Cependant, ces gens mettront du temps à se faire à leur nouvelle existence. Ils sont habitués à dormir à la belle étoile et n'ont jamais eu de maison.

– Miss Isabella! l'interrompit Jerome avec sévérité. Vous êtes allée voir sur place!

– Oui, avoua-t-elle, rougissante. Je voulais m'assurer qu'ils étaient bien installés.

– Ces gens ne sont pas en bonne santé. Peut-être ont-ils contracté quelque maladie! De plus, vous auriez pu vous retrouver dans une situation désagréable! A l'avenir, remettez-vous-en à moi!

Le gentilhomme avait haussé le ton... non pas de colère mais d'inquiétude.

– Comment se portaient-ils? ajouta Jerome d'une voix radoucie.

– Bien, mais j'ai dû montrer à cette pauvre femme comment ranger et balayer.

– Vous en êtes capable? s'exclama-t-il, incrédule.

– Chez mon père, nous avions toujours des bonnes mais elles ne restaient jamais bien longtemps. Et comme elles n'étaient pas très sérieuses, je devais surveiller leur travail. Pour ce faire, il m'a fallu tout apprendre. Cette Irlandaise avait couché son bébé à même le sol de la maisonnette! Je suis aussitôt allez chez William et j'ai demandé à la femme de charge de me donner un coffre de bois pour le petit. J'espère que votre ami ne sera pas mécontent.

– N'ayez crainte. Mais, ne retournez pas là-bas; ce n'est pas convenable. Je veillerai moi-même à ce qu'ils ne manquent de rien.

– Comme vous voulez, consentit Isabella d'un ton affable. Je me fie à vous car vous avez déjà beaucoup fait pour eux.

– Je me demande si j'ai eu raison. Ce pauvre William se pose de graves questions sur son nouvel aide-jardinier et sur ma santé mentale!

– Grâce à vous, cet ouvrier a recouvré sa dignité, répliqua la jeune fille. N'est-ce pas plus précieux que tout l'or du monde?

Il y eut un silence. Durant un court instant, le bourg, le bruit, l'agitation disparurent et les deux jeunes gens eurent le sentiment d'être seuls au monde.

– Chère Isabella... murmura Jerome.

Isabella sursauta, le regard envahi d'une crainte soudaine. La belle illusion se dissipa; le marché battait à nouveau son plein.

– Enfin... rectifia Jerome, tout confus de cette phrase malencontreuse et se demandant quel démon l'avait poussé à la prononcer. Nous verrons-nous vendredi? s'enquit-il vivement pour changer de sujet. Lady Turner donne un bal pour ses petites-filles.

– Ah, oui! se rappela Isabella d'une voix abattue. J'avais oublié.

– Me ferez-vous l'honneur cette fois-ci de m'accorder une danse?

Combien Isabella aurait rêvé d'évoluer sur la piste dans les bras de Jerome Hansford!

– Je suis navrée, monsieur, répondit-elle d'un ton sec. Je ne danse pas.

– Dommage! Si vous êtes aussi charmante que la dernière fois, vous briserez tous les cœurs!

Isabella avait décidé de se plier aux ordres de sa tante de peur de compromettre sa position chez les Hursley. Même si sa situation actuelle était peu enviable, elle la préférait à la misère. S'armant de courage, elle déclara donc, le cœur tremblant mais la voix résolue :

– Monsieur, épargnez-moi ces compliments, je vous prie. Je ne veux pas être impolie mais, vous le savez sans doute, je n'ai pas la bonne fortune d'autres jeunes femmes. Ma position chez ma tante est précaire et dépend uniquement d'elle. Je vous implore donc de...

Sa voix se brisa et elle s'interrompit. Jerome ne souriait plus. Gravement, il prit la main d'Isabella dans la sienne.

– Pardonnez-moi, Isabella; j'ai parlé sans réfléchir. Tout à l'heure, vous m'avez remercié de ma bonté; mais je ne suis ni bon ni généreux. Je vous ai déjà mise en garde contre moi; vous souvenez-vous de mes paroles?

– Oui. Vous m'avez affirmé détruire les gens. Mais je n'en crois rien.

– Vous devriez, au contraire. Déjà, ma présence menace votre existence. Ne venez-vous pas de le déclarer? s'enquit-il d'une voix amère. Je vous jure que je ne ferai jamais rien pour vous causer du tourment ou mettre en péril votre position chez votre tante!

Brusquement, il prit la main de la jeune fille et la porta à ses lèvres. Puis, tournant les talons, il s'éloigna à grandes enjambées.

A la suite de cette rencontre, Isabella, mélancolique, désespérée, tomba malade. De peur qu'elle ne contamine toute la maisonnée, Lady Hursley fit mander le médecin.

– Elle est à bout de forces, expliqua ce dernier, trop prudent pour parler de « mal d'amour ». Ne vous inquiétez surtout pas. Elle a besoin de repos. Évitez les mets épicés et l'alcool.

Le vendredi, pâle et amaigrie, Isabella était encore alitée et refusait toute nourriture. Sa tante la soupçonnait de feindre la maladie pour attirer l'attention sur elle. Après tout, une personne de condition modeste ne pouvait se permettre d'avoir les nerfs fragiles! Peu impressionnée par la souffrance de sa nièce, Lady Hursley se prépara pour le bal avec ses filles comme si de rien n'était. Dix minutes avant leur départ, Theresa, en robe de mousseline et souliers de satin, se rendit au chevet de la malade.

– Je puis rester si tu le désires, proposa-t-elle d'une voix morne, mais j'ignore en quoi je pourrais t'aider. Tu n'as besoin de rien, n'est-ce pas?

Isabella voulait uniquement avoir la paix; aussi poussa-t-elle un soupir de soulagement quand elle entendit enfin la voiture s'éloigner.

La plupart des invités étaient déjà arrivés lorsque les Hursley firent leur entrée. Remarquant l'absence d'Isabella, Jerome crut qu'elle était restée à la maison pour l'éviter. Presles fut plus intrigué et décida d'avoir le cœur net. Il se dirigea immédiatement vers Lady Hursley et lui demanda où se trouvait sa nièce.

– La pauvre enfant! soupira la dame après s'être assurée que Jerome se trouvait à portée d'oreille. Elle garde la chambre depuis trois jours et il n'était absolument pas question de l'emmener ce soir!

– Et vous l'avez laissée seule? s'exclama Presles, surpris et en colère. N'y avait-il personne pour rester à son chevet?

Lady Hursley rougit violemment.

– Nous nous sommes toutes proposées, Augusta la première; elle a un cœur d'or et ne supporte pas la souffrance chez autrui. Mais ma nièce n'a rien voulu entendre; elle est difficile à vivre et peut se montrer parfois hargneuse. J'ai donné l'ordre à ma femme de chambre d'aller régulièrement jeter un coup d'œil sur Isabella. A vrai dire, ajouta-t-elle après avoir lancé un second regard en coin à Jerome, je crains la consomption. La mère d'Isabella est morte de cette maladie et je trouve ma nièce maigre et pâlotte. D'après moi, ses poumons sont atteints.

C'était faux : Isabella était en fait de constitution robuste. Sa mère était atteinte de tuberculose; il serait donc facile de déduire que l'orpheline avait hérité de la même disposition. Les langues iraient bon train. Miss Burnham, répéteraient les invités à la ronde, était consomptive et destinée à une fin précoce. Presles, toutefois, n'en crut pas un mot mais, craignant de s'emporter, se contenta de s'incliner et de marmonner une excuse avant de s'éloigner à grands pas.

Il pénétra dans la pièce voisine et aperçut Theresa qui embrassait passionnément un jeune dandy. Le couple se sépara aussitôt.

– De quel droit importunez-vous les gens, monsieur? bredouilla le blanc-bec.

– De quel droit prenez-vous des libertés avec une jeune fille de seize ans à peine dont la mère se trouve dans la pièce d'à côté? rétorqua Presles du tac au tac. Je vous promets de ne rien répéter, ajouta-t-il à l'adresse de Theresa, livide; cependant, j'ai à vous parler en privé.

En entendant ces paroles, le jeune homme se redressa de toute sa hauteur et sortit avec dignité.

– Ce n'était qu'un baiser, marmonna Theresa d'un air de défi. D'ailleurs, je parie que vous aimeriez bien recevoir une guinée pour chaque demoiselle que vous avez embrassée.

– Certaines, au contraire, m'ont demandé une guinée pour le faire! lança le comte en riant, faisant par ces paroles rougir violemment son interlocutrice. Ne vous croyez pas plus mondaine que vous ne l'êtes en réalité! Vous risquez de vous retrouver dans une situation fâcheuse. Et à présent, faisons un pacte! Je ne souffle mot de votre admirateur si vous me dites de quoi souffre votre cousine.

– Seriez-vous amoureux d'Isabella? fit Theresa, le regard malicieux. Mère et Augusta seraient ravies!

– Pourquoi donc? De toute façon je n'ai rien avoué de la sorte!

– Vous ne me demanderiez pas de ses nouvelles en cachette de Mère sinon... En fait, c'est à cause de Jerome Hansford; Mère veut qu'il épouse Augusta.

– Je vois. Et l'épousera-t-il?

– Augusta en est persuadée, mais moi, non, pouffa Theresa. Ma sœur se croit capable de prendre tous les hommes au piège. Jerome est trop intelligent pour elle, mais ni Mère ni Augusta ne s'en rendent compte.

– Si vous aviez cinq ou six ans de plus, vous me terroriseriez! s'exclama Presles d'un ton admiratif. Cependant, je ne vois toujours pas le rapport avec Isabella.

– Mère, expliqua Theresa, les sourcils froncés, est persuadée que Jerome l'aime. Pour ma part, je n'ai rien remarqué et pourtant je suis aux aguets. D'après moi, ma cousine est amoureuse de lui et voilà pourquoi elle est atteinte de langueur. Tout cela est très romantique! ... Si elle se consumait d'une passion inassouvie, en seriez-vous très peiné?

– Passion inassouvie...! Ma chère enfant, vous avez de ces expressions! Non, je ne tiens pas à voir votre cousine dépérir quelle qu'en soit la raison.

Dans la salle de bal, l'orchestre attaquait un quadrille.

– M'accorderez-vous cette danse, comte? proposa Theresa.

– Est-ce une condition obligatoire de notre marché?

– Oui!

– J'en avais bien peur, fit-il lugubrement en prenant la main de la jeune fille.

– Vous êtes odieux! répliqua gaiement Theresa. Je vous souhaite de mourir de passion inassouvie pour Isabella!

– Peut-être votre vœu se réalisera-t-il...

Jerome n'avait fait aucun commentaire sur les propos de Lady Hursley mais il paraissait songeur. Miss Augusta, pour la première fois de sa vie, avait un cavalier inattentif. Elle en fut d'abord perplexe, puis vexée. Pensait-il à sa pauvre cousine? Elle décida dès lors d'apprendre la vérité, coûte que coûte.

– Le comte de Presles me semble bien triste ce soir! soupira Augusta en posant une main sur le bras de Jerome. Je crois connaître son secret, chuchota-t-elle; il déplore l'absence d'Isabella.

– Ah?

– C'est pourtant vrai! fit-elle, déçue par son manque de réaction. Observez-le; n'a-t-il pas tout de l'amoureux transi?

Jerome se retourna. Presles, morose, dansait avec Theresa. Celle-ci, au contraire, semblait ravie.

– Il a l'air abattu, en effet.... Peut-être a-t-il des aigreurs d'estomac?

Augusta hésita. Était-ce une plaisanterie? En tout cas, il ne tenait pas le langage d'un rival jaloux, il n'éprouvait rien pour Isabella. Sans doute avait-il fait à sa cousine un compliment ou deux... par galanterie. A moins qu'il ne fût en train de s'amuser d'elle? Malgré la chaleur étouffante, Augusta fut parcourue d'un frisson. Au dire de William, Jerome avait un humour assez particulier...

– Vous êtes très peu loquace, monsieur, le taquina-t-elle. A quoi pensez-vous?

– Je me disais qu'il y a beaucoup de belles femmes ici ce soir et je me félicitais d'en avoir une pour cavalière.

– Sommes-nous toutes belles? minauda Augusta.

– Quelques-unes le sont plus que d'autres, bien entendu. Ah, ajouta-t-il avec un sourire charmant à Augusta, éblouie, quel charme, quelle grâce! Mais aussi quelle vanité, quel égoïsme, quelle hypocrisie!

Du coup, Augusta perdit son sourire et, abasourdie, fixa son interlocuteur.

– Ne partagez-vous pas mon avis, Miss?

– Je... pas tout à fait... balbutia-t-elle.

– Vous avez raison! Je suis las du monde, sans doute parce que je suis célibataire depuis trop longtemps!

Augusta reprenait contenance.

– Vous en êtes le seul responsable, monsieur.

– Mais comment faire un choix parmi tant de jolies femmes?

– Il n'y a pas que la beauté qui compte!

– C'est vrai! acquiesça Jerome avec gravité. Mais qui voudrait d'une femme laide? Pour voir chaque matin devant soi au déjeuner un visage maussade, il faut posséder un bon estomac et un cœur solide. Je ne m'en sens pas le courage.

– Vous êtes cruel, monsieur! jeta Augusta, qui ne songeait pas un seul instant être la cible de ces critiques.

– Souvent, répliqua-t-il. Il ne faut pas prendre mes paroles trop au sérieux, Miss.

Augusta fut décontenancée. Elle se plaignit à Lydia et celle-ci en fit part à William. Le lendemain, au souper, quand M. Francis eut jugé que le vin avait eu le temps de délier la langue de son ami, il aborda ce sujet.

Jerome semblait maussade. D'une main longue et fine, il pianotait distraitement sur la nappe. Mal à l'aise, William toussota. Il avait promis à sa bien-aimée de parler à Jerome et pour rien au monde il n'aurait manqué à sa parole.

– Augusta Hursley est merveilleuse! lança-t-il avec un manque de sincérité lamentable.

– Tout à fait, approuva son vis-à-vis d'un ton affable.

William poussa un soupir de soulagement. Augusta occupait certainement les pensées de Jerome. Cependant, le malheureux M. Francis fut vite replongé dans l'incertitude par la subite interruption.

– Consentirais-tu à me vendre ta jument baie?

– Elle est jarretée, trancha William, refusant de se laisser distraire de son devoir. Songe aux nombreux avantages d'épouser Augusta!

– Je n'en vois aucun.

– Je ne te comprends pas!

– William! Je n'épouserai pas Augusta Hursley! déclara Jerome d'un ton péremptoire. Ce n'est pourtant pas difficile à comprendre!

– Écoute-moi bien, jeta son hôte, furieux. Si Isabella y est pour quelque chose...

Un fracas assourdissant l'interrompit. Jerome avait assené un formidable coup de poing sur la table faisant vibrer carafe et verres.

– Je ne nourris aucune passion secrète pour Miss Burnham! Aurais-tu l'obligeance une fois pour toutes de cesser de m'en accuser? Isabella n'a rien à voir là-dedans! Je n'ai pas besoin d'une épouse, voilà tout! De toute façon, j'ignore si je saurais vivre avec une femme. Quant à Isabella, c'est une jeune fille charmante et intelligente et je la respecte beaucoup. Un point c'est tout.

– Donc, si elle épousait Presles, cela ne te gênerait pas!

Jerome hésita imperceptiblement.

– Miss Burnham est libre d'agir à sa guise, répondit-il calmement. Je ne suis pas son ange gardien.

Dans de cas, pourquoi, n'envisages-tu pas d'épouser Augusta? Cesse d'alléguer ton passé. Ce sont des sornettes!

– Marieur! Voilà un métier tout trouvé pour toi, William! jeta son ami d'un ton brusque. Je te conseille vivement de chercher d'autres victimes. Miss Augusta et moi pouvons fort bien nous passer de tes services.

6

Isabella demeura alitée durant une semaine. Presles vint chaque jour demander de ses nouvelles. Quand elle quitta enfin la chambre, il fut à la fois ravi de la savoir sur pied et inquiet de la voir si pâle, si amaigrie. Il continua ses visites quotidiennes et apportait immanquablement à la convalescente un cadeau joliment emballé contenant des douceurs. En dépit de son abattement, Isabella était toujours heureuse de recevoir le comte car elle reconnaissait en lui un ami véritable.

– Armand! fit-elle un après-midi. Vous me gâtez! Hier, des gâteaux, aujourd'hui, des chocolats! Vous voulez absolument me faire grossir!

– Point du tout, mentit Presles. D'ailleurs, la boîte est minuscule.

– Elle est très jolie, déclara la jeune fille. Je conserverai ce ruban violet pour en garnir un chapeau. Toutes ces confiseries vous coûtent très cher, cependant. Vous vous privez pour me les offrir, j'en suis certaine.

– J'avais pensé vous donner une livre de pommes de terre mais je n'ai pas réussi à en faire un joli paquet! Isabella, je prends plaisir à vous apporter tout ceci.

– Je serais tout aussi contente de vous voir même si vous arriviez les mains vides, Armand.

– Est-ce vrai? D'ailleurs, vous recevez sûrement d'autres visiteurs.

– Oh, très peu.

– Qui donc vient vous voir? insista-t-il.

– A part vous, Armand, le médecin. Les dames du voisinage me jugent trop gauche et inintéressante et ne se déplacent pas en mon honneur. Entre nous, je m'en moque!

– Et les messieurs? Hansford?

Isabella se leva et posa la boîte de chocolats sur la table; le dos tourné à son interlocuteur, elle répondit d'une voix étouffée :

– Il passe régulièrement pour parler avec Lady Hursley et mes cousines. Il a suggéré à ma tante de m'envoyer à Brighton car l'air marin me serait salutaire; mais elle ne partage pas son avis. Ils ont failli se disputer à ce sujet; j'ai tout entendu.

– Il a raison pourtant; vous auriez besoin de vous éloigner un peu.

– Je ne veux pas partir, affirma Isabella.

Elle était sincère. Elle refusait de quitter Jerome même s'il ne venait pas à la maison pour elle.

– Je vois, fit Presles tristement. Je vous souhaite de réaliser vos rêves, Isabella.

– Merci, Armand. Si je ne me fais pas d'illusions sur mon avenir, vous m'apportez au moins un peu de réconfort.

– L'ami compréhensif, voilà mon rôle! jeta le comte d'un ton sec.

Presles revenait chaque jour à la même heure et Isabella anticipait sa visite avec plaisir. Aussi quand un après-midi il se présenta l'air soucieux, la jeune fille s'écria :

– Que se passe-t-il, Armand? Vous semblez bien grave.

– Je pars, Isabella. D'ailleurs, vous en connaissez la

raison, ajouta-t-il comme son interlocutrice paraissait stupéfaite.

– Comment? s'écria-t-elle sans comprendre. Vous devez gagner votre vie, je suppose?

– Oui, mais ce n'est pas tout. Je vous aime, Isabella.

– Oh, Armand! suffoqua-t-elle. Je ne...

– Je sais, l'interrompit-il. Vous ne m'aimez pas.

– Je... je vous aime bien. Vous êtes pour moi un ami très cher.

– Mais jamais je ne serai davantage. Isabella, je ne puis vous offrir mon nom même si vous consentiez à m'épouser, car nous n'aurions pas de quoi vivre. Je suis pauvre et je le resterai toute ma vie. Mon projet initial – comme vous l'avez peut-être deviné – était de tomber amoureux de l'une de vos riches cousines, ou plutôt, de faire en sorte que l'une d'elles m'aime. Hélas, dès que je vous ai aperçue, ce fut le coup de foudre. A compter de cet instant, j'ai été incapable de songer à une autre. A Londres, je loge dans un misérable galetas. Je joue aux cartes et aux dés; je parie également aux courses. Quand je gagne, je paie mes créanciers. Et lorsque je perds, je disparais pendant quelques semaines jusqu'à ce que la chance tourne à nouveau. J'ai failli plus d'une fois me retrouver en prison pour dettes! Voilà toute mon existence depuis l'âge de dix-huit ans.

Isabella ne savait que répondre.

– J'ai l'intention de changer de vie, poursuivit-il. Peut-être pour le mieux? Je l'ignore. Néanmoins, vous aviez raison. Un jour, vous m'avez demandé ce que je faisais pour gagner ma vie. Et vous avez ajouté : Un homme se tire plus facilement d'affaire! en précisant qu'il pouvait s'enrôler dans l'armée.

– Oh, je ne voulais pas...! s'exclama Isabella, affolée.

– Vous ne vouliez pas critiquer ma façon de vivre! Je le

sais bien, ma chère. Vos paroles ont porté, cependant. Je rentre en France.

– Vous courez au suicide! se récria Isabella en lui saisissant le bras.

– Non. Napoléon a fermement l'intention de devenir empereur des Français. Les aristocrates pourront rentrer au pays à condition de le servir avec loyauté et de ne pas se rallier aux Bourbons. Personnellement, je ne dois rien à l'Ancien Régime. Au contraire, c'est à cause de sa chute que ma famille s'est vue forcée de fuir la France. Je prêterai donc serment à Bonaparte la conscience en paix.

– Nous serons ennemis, soupira tristement la jeune fille. L'Angleterre est en guerre contre Bonaparte.

– Je chéris l'Angleterre et je lui dois beaucoup mais je suis d'abord français. Ici, je serai toujours un exilé. Là-bas, quelle que soit mon existence, je serai parmi les miens. Il y a trop longtemps que je n'ai plus de patrie, et il est si bon d'être enfin capable de dire : « Je rentre chez moi ». Chère Isabella, jamais nous ne serons ennemis, vous et moi. Et même si des centaines de milles nous séparent, même si nous ne nous revoyons plus, nos sentiments demeureront inchangés.

La jeune orpheline ne répondit pas. Le comte se pencha et l'embrassa tendrement.

– Vous ne me verrez pas en uniforme. Quel dommage! Cela m'ira bien!

– Vous serez le plus élégant de tous, fit-elle, le cœur serré. Beaucoup plus que ce Napoléon!

– Ce ne sera guère difficile! railla Presles. Il est petit, bedonnant et presque chauve... mais d'après la rumeur publique, les dames en sont folles! N'empêche qu'il a bien gagné son titre d'empereur, il faut le reconnaître.

Le jour tirait à sa fin lorsque Presles quitta la demeure

des Hursley. Il faisait une chaleur lourde. Au loin, des roulements de tonnerre et des éclairs annonçaient l'orage. Le cheval du comte était nerveux et caracolait au moindre son.

Soudain, Presles entendit des bruits de sabots. Il prit aussitôt son pistolet car la route était déserte et il valait mieux parer à toute éventualité.

Le vent s'était levé. Tout à coup, un éclair déchira le ciel. Un cavalier apparut. Il était vêtu d'un manteau gris et avait relevé son col pour protéger son visage de la tourmente. Le bord de son chapeau noir était rabattu en prévision de la pluie. En croisant le comte, l'inconnu serra la bride. C'était Jerome Hansford. Les deux hommes se toisèrent avec hostilité.

– Je vous avais pris pour un brigand! lança Presles avec agressivité tout en rengainant.

– Le dernier voleur de grand chemin de la région a été pendu il y a quinze ans à cet arbre là-bas, répondit calmement Jerome en pointant du doigt vers un chêne noueux d'aspect sinistre. Rentrez-vous du bourg, comte? Ou bien étiez-vous en visite chez les Hursley?

– Que se passe-t-il, Hansford? Parlez sans détours! fit Presles d'un ton sec tandis qu'un autre éclair zébrait le ciel gris d'acier.

– Fort bien. Je n'aime pas vous voir rôder autour d'Isabella Burnham.

– Cela ne vous regarde pas, monsieur!

– Je connais la famille, répliqua Jerome d'une voix glaciale. Les Hursley tolèrent Isabella; à la moindre imprudence de sa part, ils la chasseront. Où se réfugierait-elle?

– Auprès de vous, sans doute? l'insulta Presles.

Au même moment, la foudre tomba tout près avec fracas.

– Je vais avoir l'indulgence de ne pas relever votre

remarque odieuse si vous m'assurez que vous cesserez d'entourer Isabella de vos attentions, fit Jerome quand le bruit se fut calmé.

– Je n'ai pas de comptes à vous rendre!

– S'il arrive quoi que ce soit à Isabella, vous aurez affaire à moi, comte! C'est une jeune fille très naïve et vous ne pouvez même pas l'épouser!

– Mes intentions ne regardent que moi. Ma pauvreté m'empêche de me marier. Mais vous, monsieur, êtes très riche et pourtant je doute que vous offriez votre nom à Isabella!

– Mesurez vos paroles, impudent freluquet! hurla Jerome, furibond. Ce n'est pas mon comportement qui est remis en question!

– Ne l'a-t-il jamais été? Allons, monsieur! Un homme qui, comme moi, vit d'expédients se doit de prêter l'oreille aux ragots et aux scandales pour pouvoir les utiliser quand il se trouve dans une mauvaise passe.

– Vous faites un métier répugnant, comte! jeta Jerome en insistant sur le titre de son interlocuteur.

– Jamais je n'ai prétendu être vertueux... mais jamais néanmoins je n'ai entaché mon nom et je ne permettrai à personne de le bafouer!

– Votre famille remonte peut-être à Charlemagne mais vous ne serez jamais qu'un joueur!

– Je me moque de votre opinion! rétorqua Presles. Mais, nous nous écartons de l'objet de notre querelle, c'est-à-dire le bien-être de Miss Burnham. Votre nom ne m'est pas inconnu, monsieur, sachez-le; et contrairement aux Hursley, je connais certains faits de votre passé. Cessez donc de prétendre l'innocence! Vous, un homme expérimenté, un homme du monde, ne vous êtes-vous pas rendu compte qu'Isabella était amoureuse de vous? Vous êtes un sot si vous ne vous en êtes pas aperçu! Et un scélérat si, tout en le sachant, vous continuez de rôder dans le voisinage en abusant de l'affection de sa cousine Augusta pour masquer vos intentions!

– Vous vous méprenez totalement! s'écria Jerome en toute franchise. Croyez-vous réellement que je veuille séduire Isabella? C'est de la démence!

– Si vous voulez me donner tort, faites vos bagages et disparaissez!

– Pour vous laisser le champ libre?

– Je m'en vais à la fin de la semaine. Mais, je ne vous permettrai pas de briser la vie d'Isabella; je vous ferai d'abord sauter la cervelle!

– Vous...! Espèce de fou furieux! hurla Jerome en tentant de couvrir un roulement de tonnerre. Jamais je n'abuserais d'elle! Pour rien au monde, je ne voudrais la voir souffrir!

La pluie se mit à tomber dru en grosses gouttes tièdes. Un long silence s'ensuivit.

– Il y a eu un malentendu, je crois, monsieur, énonça Presles lentement.

Jerome respirait bruyamment et ne répondit pas immédiatement.

– Je le crois également, comte, fit-il enfin avec calme. Vous m'avez accusé d'être un sot et peut-être avez-vous raison. Je ne suis cependant pas un scélérat. Combien j'ai été aveugle toutefois! Un homme de mon âge et de mon expérience devrait savoir quand il est amoureux... et ne pas avoir besoin d'un étranger pour le lui apprendre!

Presles se taisait.

– Oh, je songe au mariage, poursuivit Jerome en devinant ses pensées.

– Que faites-vous d'Augusta Hursley?

– Jamais je ne lui ai fait la cour. Cette jeune personne se tirera fort bien d'affaire, n'ayez crainte; elle ne languira pas d'une peine de cœur. Quant à sa mère, elle sera forcée de voir la vérité en face. Et comme elle n'est pas, elle non plus, de constitution fragile, elle en réchappera.

– Ne sous-estimez pas Lady Hursley, prévint le comte. C'est une femme méchante, jalouse, volontaire. Rien ne l'arrêtera si elle décide de faire obstacle à votre mariage avec Isabella. Prenez garde!

7

Quand il était devenu manifeste que Presles s'intéressait uniquement à Isabella, Lady Hursley avait d'abord été déçue car elle avait jugé le comte un excellent parti pour Theresa. La dame y avait bientôt trouvé son avantage, cependant. Sa benjamine avait tout le temps d'attendre un prétendant plus riche et si Isabella épousait Presles, aucun obstacle ne se dresserait désormais entre Jerome Hansford et Augusta. Lady Hursley avait senti d'instinct que sa nièce était l'unique empêchement à cette union. Elle n'avait d'ailleurs pas compris pourquoi ces deux messieurs s'étaient entichés de ce laideron. Mais les hommes n'étaient-ils pas des êtres déconcertants?

Dès lors, elle s'était acharnée à vanter Presles en présence d'Isabella et à encourager leur amitié. Ses efforts s'étaient avérés vains. N'ayant reçu aucun encouragement de la jeune fille, le comte avait quitté le pays. Lady Hursley était furieuse et maudissait Isabella. Elle regrettait de l'avoir accueillie sous son toit. Puis, au bout d'un moment, elle finit par se calmer et se remit à raisonner avec lucidité. En fait, une suggestion de Hansford lui avait donné une idée. Il fallait éloigner Isabella, avec tact, bien entendu, afin de ne pas éveiller les soupçons.

– Ma chère enfant, déclara-t-elle un matin à sa nièce, une semaine après le départ de Presles, je me fais du souci à ton sujet. Tu es si maigre, si pâlotte!

– Je me porte fort bien, ma tante, répondit l'orpheline d'un ton ferme.

Elle n'ignorait pas les bruits que la dame avait fait courir sur son état de santé.

– Les yeux d'une mère ne se trompent jamais, ma chérie. Ton oncle aussi s'inquiète de ta mauvaise mine!

Sir Henry était trop occupé à débarrasser ses rosiers des pucerons dont ils étaient infestés pour se soucier de la santé de sa nièce, songea Isabella.

– Tu as besoin de changer d'air, continua Lady Hursley, et j'ai eu une excellente idée. Les petites-filles de Lady Turner sont retournées à Londres et cette dernière part après-demain pour Bath où elle compte passer un mois. Elle aime la compagnie de jeunes gens et serait enchantée de t'emmener avec elle! Quelques semaines dans cette ville d'eau te feront le plus grand bien, ma chérie. Je te conseille de faire tes valises dès maintenant; et s'il te manque quelque objet, fais-le moi savoir.

Lady Turner était sourde. Néanmoins, la septuagénaire avait sûrement été fort belle; ses cheveux étaient encore soyeux sous son bonnet de dentelle et sa peau était lisse comme celle d'une enfant.

– J'adore les jeunes! déclara-t-elle en tapotant gentiment la main d'Isabella comme la voiture cahotait sur les chemins défoncés en direction de Bath. J'attends toujours avec impatience la visite de mes petits-enfants; et quand ils s'en vont, j'ai l'impression que le soleil a disparu de la maison! Le bavardage ne me gêne nullement puisque j'entends à peine! Quand vous voudrez me parler, vous devrez crier car je refuse d'être vue avec un cornet acoustique.

Lady Turner plut d'emblée à Isabella. Elle se sentait des affinités profondes avec la vieille dame. En effet, si celle-ci était maintenant heureuse, elle n'en avait pas moins mené une existence tragique. Née de parents ambitieux en Nouvelle-Angleterre, alors colonie anglaise, elle avait fait la connaissance à l'occasion d'un grand bal du jeune Sir Philip Turner qui arrivait de Londres pour occuper le poste d'aide de camp du Gouverneur. Après de brèves fiançailles, les amoureux s'étaient mariés et avaient vécu une année de bonheur sans nuage en Amérique avant de partir pour l'Angleterre avec leur premier enfant. La belle Lady Turner, simple et charmante, avait ensorcelé le tout-Londres. Hélas, cette vie agitée avait été fatale pour le jeune ménage. Sir Philip s'était rapidement lassé de sa petite épouse américaine pour se tourner vers les beautés plus sophistiquées de la capitale. Accumulant les dettes de jeu, il s'était mis à boire. Trois ans plus tard, il avait trouvé la mort au cours d'un duel. Sa jeune veuve s'était alors consacrée à l'éducation de ses deux garçonnets et ne s'était jamais remariée. A présent, toute sa vie tournait autour de ses petits-enfants, de ses séjours annuels à Bath et de parties de cartes avec des amies; de plus, elle lisait beaucoup.

– La vie n'est jamais aussi noire qu'elle ne le paraît à première vue, déclara-t-elle à Isabella comme la voiture pénétrait enfin dans Bath. Il faut essayer de l'envisager avec optimisme.

Stupéfaite, Isabella se tourna vers son interlocutrice. Elle l'avait écoutée avec intérêt et découvrait que ce récit avait eu un but bien précis. La jeune fille rougit : Que savait au juste cette vieille dame si perspicace?

Une fois Lady Turner installée dans ses appartements, Isabella s'aperçut qu'elle avait beaucoup de loisirs. Chaque jour, la dame allait à la buvette et deux fois par semaine, elle se rendait aux bains sans pour autant avoir recours aux services de sa jeune protégée. Isabella avait donc pour toute fonction d'échanger les livres de Lady Turner à la bibliothèque et de promener son caniche. Cet animal, aussi dur d'oreille que sa maîtresse, obèse, le souffle court, marchait lentement; aussi la jeune fille avait-elle tout le temps de regarder les magasins et d'admirer les élégantes.

Par un bel après-midi ensoleillé, alors que le chien semblait plus alerte qu'à l'accoutumée, Isabella décida de s'aventurer un peu plus loin dans la ville. Sur le chemin du retour, comme il se faisait tard, elle emprunta un raccourci et se retrouva dans un quartier sordide qui lui était totalement inconnu. Soudain, elle sursauta; de la cour d'une taverne d'aspect minable provenaient des jappements bruyants accompagnés de huées et de sifflements. S'armant de courage, Isabella alla risquer un coup d'œil et fut alors témoin d'un spectacle d'une cruauté inouïe.

Au centre de la cour se tenaient quelques gamins misérablement vêtus. L'un d'eux tenait un sac tandis que ses camarades tentaient avec force jurons et coups de pied de retenir une petite meute de chiens de races diverses. Dans le sac se trouvait sans doute un animal car l'étoffe se soulevait par saccades et des glapissements s'en échappaient. A l'extrémité de la cour, trois ou quatre gentilshommes, habillés avec recherche, faisaient des paris. L'un des dandys leva les yeux et aperçut Isabella au moment où elle franchissait le portail.

– Eh bien, Robert, fit l'un de ses compagnons, à ton tour!

Comme il ne recevait pas de réponse, il suivit la direction du regard de son ami.

– Jamais je n'ai vu un homme se laisser aussi aisément distraire par des chevilles fines ou un jupon à volants! continua-t-il avec un soupir mécontent. Presse-toi, Robert! Les gamins ne pourront maîtriser les chiens plus longtemps!

– Oh, fort bien, répondit Robert qui avait visiblement perdu tout intérêt dans l'affaire. Je mise sur le terrier blanc à l'œil taché de noir. C'est un batailleur!

Son compagon lança aussitôt un ordre au garçon portant le sac :

– Lâche-le!

Ce dernier se réfugia vivement sur un baril et tira les cordons du sac. Un gros blaireau sortit. Les chiens se précipitèrent vers lui en poussant des aboiements aigus puis hésitèrent; le blaireau avait beau être seul, il avait néanmoins des griffes acérées et était prêt à défendre chèrement sa peau. Puis, le terrier blanc bondit et tenta de planter ses dents dans l'arrière-train de la proie. On entendit un grognement et un hurlement de douleur et le terrier recula en tremblant. Mais le sang avait coulé. Le reste de la meute se jeta sur le pauvre animal. La lutte était inégale; pour la prolonger, un gamin, tenant une longue corde dont une extrémité était attachée à l'une des pattes de derrière de la victime, soulevait de temps à autre la pauvre bête ensanglantée pour la soustraire aux crocs féroces de ses agresseurs. Tout à coup, les parieurs poussèrent un cri de joie; les aboiements s'étaient interrompus pour faire place à des gémissements excités. Un dogue venait d'achever le malheureux blaireau.

Horrifiée, incapable de détacher son regard de cette scène affreuse, Isabella resta clouée sur place. Le dogue faisait à présent le tour de la cour en traînant triomphalement les restes de sa victime et les gentilshommes s'étaient mis à faire leurs comptes. Soudain, le terrier blanc aperçut dans l'entrée le caniche dodu et inoffensif de Lady Turner. Déçu de sa défaite, il vit là l'occasion de se venger. Il traversa la cour comme une flèche et avant même qu'Isabella pût s'enfuir, les deux chiens s'étaient engagés dans un combat mortel.

Le caniche aurait subi le même sort que le blaireau si le gentilhomme prénommé Robert, s'emparant d'un seau d'eau, n'en avait jeté le contenu sur les deux bêtes. Effrayées, elles se séparèrent. Robert saisit aussitôt le caniche par le collier et l'entraîna hors de la cour en criant aux gamins de retenir les chiens. Il marcha ensuite à grandes enjambées jusqu'au carrefour où Isabella le rejoignit en courant.

– Mademoiselle! suffoqua-t-il d'une voix rauque. On ne s'approche pas d'une meute aussi excitée! C'est de la folie!

– Quel horrible spectacle! s'écria Isabella. Qu'est-ce que ce sport! Vous devriez avoir honte!

– Ce n'est pas un divertissement pour les petites filles, la taquina-t-il. Tenez, reprenez votre laisse. Avez-vous été mordue?

Elle secoua la tête et se mit à examiner le caniche.

– Laissez faire cette bête! s'impatienta le sauveur. Avez-vous été mordue? Répondez-moi!

– Non; mais le chien, oui.

Robert s'accroupit et passa une main experte sur les pattes et le corps de l'animal.

– Il a une légère morsure à l'épaule gauche mais il s'en tirera, ajouta-t-il.

– Grâce à vous, dit Isabella, se rappelant qu'elle lui devait des remerciements. Lady Turner vous en sera très reconnaissante; ce chien lui appartient et elle l'adore.

– Je m'appelle Robert Walker, déclara le gentilhomme. Je suis désolé de vous avoir parlé sur ce ton; en réalité, je craignais que vous n'eussiez été mordue.

– Je n'avais pas à rester là! J'ignore d'ailleurs pourquoi je ne suis pas partie. Comment peut-on avoir le cœur de parier sur un combat aussi inégal?

– J'ai perdu! avoua-t-il cramoisi, comme pour s'excuser.

– J'en suis ravie! rétorqua Isabella d'un ton sec. Si vous tenez absolument à jouer, choisissez les cartes mais ne torturez plus d'innocentes bêtes!

– Fort bien, acquiesça-t-il, contre toute attente. Si cela

vous déplaît, je ne le ferai plus. Vous avez ma parole.

Isabella fut stupéfaite.

– J'en suis très heureuse, monsieur; cependant, je vous trouve facilement influençable. Après tout, vous ne me connaissez pas.

– Mais j'aimerais apprendre à vous connaître davantage, répliqua aussitôt Robert. Je suis un garçon très convenable, insista-t-il comme la jeune fille hésitait. Je suis ici avec mon oncle; il a près de quatre-vingts ans et peut à peine marcher. Vous pouvez facilement vérifier : il s'appelle Walker, général Walker et vient à Bath chaque année à la même époque.

Ce jeune homme semblait bien sûr de lui, songea Isabella; d'un autre côté, sa franchise lui plaisait.

– Permettez-moi de vous rendre visite! poursuivit-il.

– Lady Turner voudra sans doute vous remercier, tergiversa Isabella.

– Dans ce cas, j'irai vois Lady Turner!

Sur ce, il s'inclina galamment et avec un dernier signe de la main, repartit en direction de la taverne.

– A quand la noce, Robert? lança son ami en guise d'accueil.

– Je suis trop malin pour me faire prendre au piège!

– Prends garde! Les ragots se propagent vite à Bath! N'aurais-tu pas oublié ton oncle, par hasard?

– Combien j'aimerais ne plus penser à ce vieillard pendant une heure ou deux, marmonna Robert. Tu ne vas tout de même pas me reprocher de vouloir m'amuser! Que dirais-tu d'être obligé de supporter les sautes d'humeur d'un vieil avare six semaines par an?

– Que représentent six petites semaines alors que tu es son unique héritier? souligna son ami d'un air malicieux.

– Il ne cesse de me le répéter! Je suis à sa merci et il le sait. Sacrebleu... si seulement la chance tournait! Je perds au jeu depuis trois jours; je dois cinquante livres à Young et cinq autres à toi. Je serai encore forcé de lui demander de l'argent, ajouta Robert, l'air abattu. Il va grommeler, me sermonner et s'il n'est pas de méchante humeur, il finira par me donner de quoi vous régler et me permettre de subsister pendant une semaine ou deux. Bon sang! Depuis mon arrivée à Bath, je n'ai eu que des ennuis.

Le lendemain après-midi, néanmoins, Robert se présentait avec assurance chez Lady Turner.

8

Quelques jours après le départ d'Isabella pour Bath, M. Francis recevait chez lui sa sœur aînée et son mari, le commandant Stevenson. Mme Stevenson, une femme charmante, était la mère d'un bambin téméraire.

– Sacrebleu, Eliza, ce gamin est un véritable casse-cou! s'exclama William. Il finira un jour par se tuer à grimper ainsi sur la rampe! Tiens, mon bonhomme, ajouta-t-il en tendant à l'enfant une tabatière en argent.

Edward la saisit et tenta aussitôt d'en arracher le couvercle.

– Voyons, William! Ne lui donne pas un objet de cette valeur! s'écria Eliza, affolée.

– Cela le calmera et de toute façon, elle est vide. Tu ne songes pas à en avoir un autre aussi insupportable, j'espère?

– Lorsque tu seras toi-même père, nous en reparlerons, répondit sa sœur en riant. A propos, à quand ton mariage avec Miss Hursley?

– Dès que mes avocats auront réglé cette histoire de bornage avec le père Stokes, c'est-à-dire d'ici un mois ou deux.

– J'ai hâte d'être à ce soir pour faire la connaissance de ta fiancée.

– J'ai beaucoup de chance, répliqua William simplement. Si seulement Jerome se décidait à se marier lui aussi! ajouta-t-il d'une voix grave. Il croit avoir toute la vie devant lui, mais Augusta Hursley n'est pas femme à soupirer et à languir d'amour. Il se comporte en idiot et je le lui ai dit.

– Jerome n'accepte pas d'être mené par le bout du nez, tu le sais. Laisse-le prendre sa propre décision.

– Il demande l'impossible! Que cela reste entre nous, Eliza, mais il ne s'est pas remis de cette... fameuse histoire, j'en suis persuadé.

– Oh, mon Dieu! Pauvre Jerome!

– De surcroît, il vient de se mettre dans une situation bien délicate. Les Hursley ont une nièce et...

William s'interrompit en entendant des bruits de pas.

– Oh, te voilà, Jerome! s'écria-t-il quand la porte se fut ouverte. Regarde ce que mon filleul est en train de faire de ta tabatière!

– La tabatière de Jerome! cria Mme Stevenson avant de se précipiter vers son fils et la lui arracher des mains. Oh, William! Tu exagères!

Ce soir-là, William recevait des invités à souper. Il avait choisi avec un soin tout particulier des mets raffinés et d'excellents vins. Il désirait présenter Lydia à sa sœur et montrer aux Hursley la demeure dont leur aînée serait un jour la maîtresse. Il voulait également fournir à Jerome une dernière chance de faire la cour à Augusta. En réalité, M. Francis n'y croyait plus guère mais il avait tout de même prévu de placer son ami entre Augusta et Mme Stevenson. Cette dernière saurait peut-être influencer Jerome.

Il y eut un moment embarrassant lorsque vint l'heure de pénétrer dans la salle à manger. Jerome offrit promptement le bras à Mme Stevenson et Augusta, qui s'était pourtant placée devant lui, en fut réduite à partager le commandant avec sa sœur cadette. Elle jeta sur M. Hansford un regard foudroyant; fort heureusement, personne ne s'en rendit compte, sauf Lydia qui pressentit aussitôt un désastre.

Une fois les convives installés à table, Augusta sembla recouvrer son calme. On apporta le premier plat, une tortue transportée dans la saumure depuis le port sur plusieurs milles. Un murmure admiratif accueillit ce mets de choix. Miss Augusta déclara adorer la chair de tortue et félicita son hôte de cette excellente initiative. Le cœur simple de William se gonfla d'orgueil et Lydia eut l'impression d'être libérée d'un poids énorme. Peut-être, après tout, sa cadette ne ferait-elle pas d'esclandre.

A la lueur des bougies, l'argenterie, la porcelaine, la nappe damassée, les bijoux et la peau satinée des dames, prenaient un éclat tout particulier. Augusta était très enjouée. Jerome parlait peu mais souriait beaucoup à cette dernière et semblait amusé par ses traits d'esprit. William s'apprêtait à se féliciter intérieurement de sa petite soirée, quand l'un des convives mentionna le nom de Presles.

– C'est ce Français dont je vous ai parlé, expliqua William à son beau-frère. Un gentil garçon.

Occupé à démontrer à Mme Stevenson l'importance d'un sol bien drainé, Sir Henry s'interrompit momentanément pour s'exclamer :

– Absolument charmant! Mon jardin l'a passionné!

– Nous l'avons trouvé très agréable, déclara Lady Hursley d'une voix glaciale. Je doute cependant qu'il se soit conduit en gentilhomme.

Lydia fit signe à sa mère de se taire mais celle-ci n'avait manifestement pas apprécié le départ précipité de Presles.

– En fait, poursuivit-elle, nous avons tous été un peu déçus par ce jeune homme.

– Vous m'étonnez, madame! jeta Jerome d'un ton cassant. Tout compte fait, Presles s'est au contraire très bien comporté. Au début, j'avais nourri quelques doutes sur son compte, je vous l'avoue, mais ils se sont vite dissipés.

Un lourd silence tomba sur l'assistance. Furieuse, Lady Hursley lança :

– Nous ne partageons pas la même opinion à ce sujet, monsieur! Vous me permettez d'avoir la mienne, j'espère!

– Volontiers... à condition que vous m'en expliquiez la raison!

– C'est personnel, monsieur! rétorqua la dame voulant couper court à toute discussion.

– D'après mère, intervint Augusta, Presles aurait dû demander la main d'Isabella. Pourtant, elle l'avait bien encouragé!

– Tais-toi, Augusta, conseilla Lydia à voix basse. Tu te rends ridicule!

– Euh... comment Miss Burnham trouve-t-elle Bath? se hâta de demander William pour tenter de sauver la situation.

– Fort agréable, déclara Lydia.

Ce disant, elle donna sous la table un coup de pied sur la cheville d'Augusta. Celle-ci grimaça de douleur et une lueur belliqueuse étincela dans son regard.

– Burnham? Ce nom me rappelle quelque chose, remarqua distraitement le commandant Stevenson. J'ai connu autrefois un capitaine Frederick Burnham. Il a fait une chute de cheval et s'est noyé.

– M. Burnham était mon frère, expliqua Lady Hursley en maîtrisant à grand-peine sa colère.

– Oh, je suis navré, madame! Je ne voulais pas être grossier, je vous assure. Nous avions tous une très haute opinion de Frederick. En fait, c'est moi qui ai annoncé la triste nouvelle à sa fille, la petite Isabella aux cheveux roux. Est-ce la jeune personne qui se trouve actuellement à Bath?

– Oui! énonça Lady Hursley.

– Je suis désolé de ne pas l'avoir vue! continua le commandant, accumulant les impairs avec insouciance. Nous aimions bien cette jeune fille; la plupart d'entre nous la connaissaient depuis sa tendre enfance puisqu'elle suivait son père de garnison en garnison. C'est une enfant bien courageuse!

Incapable de se contenir plus longtemps, Augusta, blême de rage, éclata :

– Décidément, ma cousine a le don d'inspirer de l'affection à tous les gens qui croisent sa route!

Un silence embarrassé s'ensuivit, rompu peu après par Sir Henry qui avait visiblement perdu le fil de la conversation.

– Quand on draine un sol, cependant, il faut pouvoir se débarrasser de toute cette eau.

Au grand étonnement du vieillard, tous les convives furent captivés par sa remarque et se lancèrent séance tenante dans une discussion animée sur le drainage des jardins.

– Eh bien, Jerome, chuchota Mme Stevenson, profitant de cette diversion, n'avez-vous pas encore trouvé la femme de votre vie?

– Madame, que puis-je répondre? rétorqua ce dernier avec le sourire. Votre mari me l'a enlevée il y a quatre ans!

– Fi donc! le réprimanda-t-elle en rosissant délicieusement. Pourquoi ne répondez-vous pas à ma question? Ne sommes-nous pas de vieux amis?

– Oui, je crois l'avoir rencontrée, répondit-il sans regarder son interlocutrice.

– Se trouve-t-elle dans cette pièce?

– Non.

– Je suis ravie de vous l'entendre dire! Miss Augusta et Miss Theresa sont charmantes et particulièrement jolies mais ni l'une ni l'autre ne vous conviendrait pour épouse.

– Eliza, fit son voisin avec un large sourire, je suis heureux de vous entendre confirmer mon opinion. William, cependant, sera très déçu. C'est un marieur incorrigible, le savez-vous? Il m'a sermonné, cajolé, flatté mais je le crois enfin à court d'arguments.

Eliza éclata de rire.

– William vous aime beaucoup, il veut votre bonheur. Moi aussi. Ne le laissez pas languir, confiez-vous à lui. Mon frère est un ami loyal.

Dans un bruissement d'étoffes, Lady Hursley se leva de table et sortit, suivie des autres dames. Les messieurs réprimèrent un soupir de soulagement et acceptèrent avec plaisir un verre de l'excellent porto de leur hôte.

Dans le salon, Augusta boudait à l'écart, Theresa était prise d'un fou-rire irrépressible et Lady Hursley paraissait offensée. Mme Stevenson et Lydia se mirent donc à bavarder avec une amabilité forcée.

Pendant ce temps, le commandant Stevenson, conscient d'avoir commis une bévue, ne cessait de s'excuser. Jerome contemplait d'un air maussade son verre de porto, William tentait de faire taire son beau-frère. Sir Henry s'était endormi

– Pourquoi ne pas m'avoir averti qu'il y avait des sujets à éviter, William? se plaignit le commandant. Ce Français était-il promis à la petite Isabella?

– Non! jeta brusquement Jerome en levant les yeux.

– Allons, Jerome, objecta son ami, toutes les apparences le laissaient supposer.

– Isabella est une personne charmante, fit le commandant à voix lente, et je ne voudrais pas qu'elle souffre de la solitude. Eliza l'aimait bien, elle aussi.

Jerome posa son verre sur la table.

– J'ai l'intention de l'épouser.

– Est-ce vrai? s'exclama l'officier, stupéfait. Si seulement je l'avais su avant le repas!

– J'en avais le pressentiment, énonça William d'une voix lugubre. Jerome, réfléchis bien avant d'agir. Isabella est merveilleuse, je te l'accorde, mais, elle n'est pas Augusta Hursley! Partout on pense que tu vas épouser Augusta!

Sir Henry poussa un ronflement sonore et les trois messieurs se retournèrent vers lui, d'un air coupable.

– Laissons-le dormir et joignons-nous à ces dames, proposa leur hôte. Jerome, ne prononce pas le nom d'Isabella, je t'en supplie. Toi non plus, Harry.

Dans le salon, l'atmosphère était glaciale; la soirée n'avait pas été une réussite. Lady Hursley demanda que l'on réveille son mari et donna à ses filles le signal du départ.

Augusta continua de bouder durant le trajet du retour mais à peine rentrée à la maison, elle laissa éclater sa colère :

– On ne rira pas de moi longtemps! hurla-t-elle en arrachant ses bracelets et en les lançant à l'autre bout de la pièce. Sans arrêt, on se complaît à vanter cette maudite fille pour me vexer! Hansford n'est pas mieux que les autres! Il était ravi quand le commandant s'est mis à chanter les louanges d'Isabella! Et avez-vous vu comment il m'a humiliée au moment de pénétrer dans la salle à manger? Il m'a délibérément tourné le dos pour offrir le bras à la sœur de William!

– Calme-toi, ma chérie, supplia sa mère.

– Comment me calmer quand je les vois tous devenir les victimes de cette aventurière, cette intrigante aux cheveux rouges?

– Augusta, tais-toi! ordonna Lydia d'un ton impérieux. Si tu n'apprends pas à te dominer, jamais tu ne feras la conquête de Hansford.

– Et pourquoi Hansford ne tenterait-il pas, lui, de me conquérir? Je vais m'occuper de cette chipie. Je veillerai à ce qu'elle ne l'épouse jamais.

– Ma chérie, rassure-toi, insista sa mère. Hansford ne pourrait se marier avec cette écervelée sans le sou. Que dirait sa famille? Que penseraient ses amis? Il est tombé sous son charme mais cela ne durera pas; les hommes sont ainsi faits. D'ailleurs, je suis la tutrice d'Isabella et jamais je ne permettrai une telle mésalliance. Que ferait ta cousine d'une résidence dans la capitale, d'un domaine à la campagne et de dix mille livres de rentes quand elle a toujours vécu dans des maisons meublées? En ce moment, elle est en sécurité à Bath en compagnie de Lady Turner. Comme dit le dicton : loin des yeux, loin du cœur. Dans une semaine, Hansford aura oublié jusqu'à son existence. Reprends courage, crois-moi.

9

Favorablement impressionnée par M. Walker, Lady Turner le remercia avec effusion d'avoir porté secours à son caniche et se déclara ravie de rencontrer le neveu du général, gentilhomme des plus distingués. Et en dépit des signaux désespérés d'Isabella, elle permit au jeune homme de rendre visite à Miss Burnahm et de l'accompagner lors de ses promenades quotidiennes.

La vieille dame croyait bien faire. Elle aimait tendrement Isabella et ne pouvait se résoudre à voir l'orpheline se morfondre chez les Hursley jusqu'à la fin de ses jours. Elle avait donc décidé de lui trouver un mari. Robert Walker était charmant et qui plus est l'unique héritier du riche général. Si ce dernier considérait Isabella d'un œil favorable – et Lady Turner se promettait d'y veiller – il ne resterait plus qu'à fixer le jour de la cérémonie.

Dès lors, les visites à la buvette se firent à quatre. Isabella et Robert déambulaient d'un pas posé tandis que Lady Turner et le général Walker, assis dans un coin, se rappelaient le bon vieux temps. Malgré les protestations de la jeune fille, la dame lui avait offert pour ses sorties quelques chapeaux, un joli châle de dentelle et divers accessoires. Si Isabella avait deviné la raison d'une telle générosité, elle aurait refusé ces cadeaux. Cependant, de peur d'offenser Lady Turner, elle mit au contraire un point d'honneur à porter ces nouveaux atours. C'était donc une tout autre personne qui se promenait à la buvette au bras de Robert. Il aurait été difficile de reconnaître dans cette jeune élégante, la pauvre enfant mal vêtue qui, dix-huit mois auparavant, était arrivée chez les Hursley.

Hélas, au lieu d'oublier Jerome Hansford, Isabella, malgré ces nombreuses distractions, ressentait son absence chaque jour davantage. Pour dissimuler son chagrin, elle fit semblant d'être de plus en plus gaie, de plus en plus enjouée. Plus son désespoir était profond, moins elle ne le manifestait. Lady Turner crut donc sa protégée complètement guérie de sa peine de cœur.

En outre, Isabella n'arrivait pas à être à l'aise en compagnie de Robert. Il était amusant, séduisant, attentif, certes, et il connaissait toute la haute société mais il tenait souvent des propos méchants et prenait plaisir à colporter des ragots, voire des calomnies. Il ne cessait de critiquer son oncle et en parlait avec irrévérence. Le vieillard était autoritaire, soit, mais très attaché à son neveu. De surcroît, quand elle se promenait au bras de Robert, les gentilshommes lui jetaient des regards étranges et plus d'une dame la dévisagea avec mépris. Décidée à élucider ce mystère, la jeune fille entreprit d'interroger discrètement son chevalier servant.

– Votre oncle vient à Bath chaque année, m'avez-vous dit?

– Immanquablement! Tous les jours, il s'immerge dans le bain pendant quelques minutes puis va aussitôt boire un ou deux gobelets de cette eau réputée salutaire. Pour le bien qu'il en tire, il pourrait s'éviter tous ces tracas et séjourner dans des endroits plus gais. Je n'aime pas être entouré d'invalides et cette ville me déprime. S'il n'y avait pas ces établissements de...

Il s'interrompit brusquement pour reprendre avec un sourire charmeur :

– S'il n'y avait les personnes aimables que l'on y rencontre, je n'y mettrais pas les pieds! Heureusement, je vous ai rencontrée et déjà ma vision de cette ville s'est modifiée!

– Tout le monde ne partage pas votre opinion, fit Isabella en feignant d'ignorer le compliment. Plusieurs personnes m'ont même jeté des regards fort étranges!

– C'est gens sont curieux, voilà tout! Ils viennent chaque année et tout nouveau visage éveille leur intérêt. Il faut les comprendre.

– Justement, ce n'est pas de la curiosité. Par exemple, cette dame à qui nous parlions tout à l'heure m'a dévisagée d'une manière impertinente.

– N'en tenez pas compte! répliqua Robert. Elle agit ainsi avec toutes les jolies jeunes filles; c'est une envieuse. Ses charmes perdent de leur fraîcheur et même les eaux bénéfiques de Bath n'y peuvent rien!

– Vraiment, Robert, ce n'est pas gentil! Et d'ailleurs, même si c'était vrai, je suis loin d'être une beauté – je vous en prie, ne dites rien. Je n'ai rien d'exceptionnel et je ne vois donc pas pourquoi elle m'a fixée de cette façon. Je me sens un peu stupide de vous parler de cela – c'est uniquement lorsque je suis en votre compagnie que l'on me regarde de cette manière désagréable.

M. Walker parut stupéfait.

– C'est impossible! marmonna-t-il. Vous vous faites des idées!

– Point du tout; ce genre d'incident s'est produit trop fréquemment. Je ne m'en plains pas, ajouta-t-elle en remarquant la gêne du jeune homme. Ce n'est pas votre faute, ne prenez pas cet air maussade!

Robert éclata de rire.

– Ma chère Isabella, vous êtres beaucoup trop honnête pour vivre en société!

– Dites plutôt que je manque de tact!

– Loin de moi cette pensée!

Ils continuèrent leur promenade en silence. Au bout d'un moment, Robert reprit avec une gravité inaccoutumée :

– Je ne suis pas parfait, Isabella. Instable, méchant, dépensier, je suis également incapable de sérieux, de sobriété et de charité.

– Je n'en crois pas un seul mot.

– Si, Miss. Vous froncez les sourcils quand je peste contre mon oncle, vous bouillez de colère quand je me moque de lui dès qu'il a le dos tourné!

– Dans ce cas, pourquoi vous comportez-vous ainsi?

– Parce que telle est ma nature.

En voyant les deux jeunes gens plongés dans leur conversation, le vieux général se pencha vers Lady Turner et lui cria à l'oreille pour se faire entendre :

– Sur mon âme, madame, à voir mon neveu et votre protégée si bien s'accorder, je me sens tout ragaillardi!

– Mon cher général, répondit Lady Turner, rayonnante. Ils forment un beau couple. C'est exactement ce que je pensais!

– Cette jeune fille est charmante et sensée; elle convient parfaitement à mon neveu! cria le vieil officier. Robert n'est pas un mauvais garçon : il ne ferait pas de mal à une mouche; mais c'est une tête de linotte! Il a de mauvaises fréquentations et s'attire sans cesse des ennuis.

– Robert, tu n'es plus le même homme, lui déclara son ami. Je t'avais pourtant mis en garde. Cette demoiselle est en train de te ramener dans le droit chemin! Nous ne te voyons plus; hier, Young m'a même demandé si tu avais quitté Bath.

– Je ne peux pas être partout. Mon oncle est content de me savoir en compagnie de Miss Burnham.

– Ha! Si le général y trouve son intérêt, ton compte est bon! Tu vas bien vite te retrouver marié!

Quoi qu'il en fût, Robert était la proie de sentiments contradictoires. Ce même après-midi, quand il accompagna Isabella à la bibliothèque, il était particulièrement silencieux; aussi la jeune fille crut-elle qu'il s'ennuyait ferme.

– Je n'en ai pas pour longtemps, s'excusa-t-elle. Lady Turner m'a indiqué les titres. Ce doit être fastidieux pour vous.

– Fastidieux? Alors que je suis en votre compagnie? Jamais!

– Si je prenais au sérieux tous vos compliments, je deviendrais la plus insupportable des vaniteuses.

– Je suis sincère, protesta-t-il, blessé. Si je vous rends visite chaque jour, c'est parce que je tiens à être avec vous.

Un silence gêné s'ensuivit.

– Isabella, reprit Robert d'une voix hésitante, je ne vous ai jamais posé de questions mais il y en a une qui me brûle les lèvres.

– Qu'est-ce que c'est? demanda-t-elle avec un serrement de cœur car elle avait déjà deviné.

– Vous semblez toujours si... indifférente à moi! Peut-être vous déplais-je... peut-être nous sommes-nous rencontrés dans des circonstances malheureuses... Au début, je vous ai crue timide. Mais je ne suis pas un idiot, Isabella. Quand un homme reçoit uniquement d'une femme sourires et amitié, c'est qu'elle est amoureuse d'un autre.

Isabelle rougit violemment.

– Je ne m'étais pas trompé, poursuivit-il avec amertume. Mais l'élu de votre cœur ne se trouve pas dans cette ville sinon je l'aurais deviné. Il est dans le Surrey, sans doute. Pourquoi votre famille vous a-t-elle expédiée à Bath avec la vieille dame? Le gentilhomme n'était-il pas convenable? Ou bien ne s'est-il pas résolu à demander votre main?

– Vous êtes très impertinent, Robert! jeta Isabelle, en colère. Et cruel, de surcroît!

– Ah, c'est donc vrai! fit-il en emprisonnant son bras.

– Non, c'est faux! s'écria-t-elle en se libérant brusquement de son étreinte. Enfin, disons que...

Elle s'interrompit, malheureuse.

– Le gentilhomme était très convenable, reprit-elle, c'est moi qui ne l'étais pas. Je ne veux plus en parler. Pourquoi vous raconterais-je ma vie? Je ne vous ai jamais demandé de venir me chercher pour aller en promenade! C'est vous qui en avez pris l'initiative!

– Vous n'avez pas refusé! rétorqua-t-il méchamment.

Isabella sentit les larmes perler à ses cils et enrageait de ne pouvoir les contrôler.

– Je vous prie de ne plus me rendre visite, monsieur. J'expliquerai la situation à Lady Turner, ainsi vous n'aurez pas à craindre le courroux de votre oncle!

Cette dernière remarque était cruelle, songea-t-elle, honteuse, mais le jeune homme l'avait bien méritée.

– Je trouverai mon chemin toute seule pour rentrer, termina-t-elle.

Isabella, tête haute, partit d'un pas décidé. Mais Robert se lança aussitôt à sa poursuite et la prenant par les épaules, l'entraîna sous un porche.

– Isabella, je ne voulais pas vous faire de peine! Pour l'amour du ciel, ne pleurez pas!

– Je ne pleure pas! fulmina-t-elle, la vue brouillée par les larmes.

– Tenez, prenez mon mouchoir; ce bout de dentelle ne sert pas à grand-chose. Vous ne voulez vraiment plus me revoir?

– Détrompez-vous, Robert, répondit-elle, touchée par sa mine contrite. Cependant, nous devrions... nous devrions peut-être nous voir moins souvent.

– Mon oncle est content de me savoir en votre compagnie. D'après lui, vous exercez sur moi une excellente influence.

– Trop bonne, il me semble! Je ne suis pas amoureuse de vous, Robert, et jamais je ne le serai. Est-ce bien compris?

Oui. Je n'aborderai plus jamais ce sujet et je ne me bercerai plus d'illusions. Mais... vous me permettrez de continuer à vous voir, n'est-ce pas?

– Je ne...

– Nous pouvons rester amis!

– Je veux bien, répondit-elle avec prudence, mais uniquement si vous tenez votre promesse.

– Entendu. Embrassons-nous pour fêter notre réconciliation!

– Robert! lança Isabella en guise d'avertissement.

– Un petit baiser amical! affirma le jeune homme avant de se pencher pour l'embrasser tendrement. Chère Isabella... chuchota-t-il à son oreille.

Avide, passionné, ce baiser n'était pas celui d'un ami mais d'un amant. Isabella sentit un frisson d'inquiétude la parcourir. Pour cacher sa confusion, elle se lissa les cheveux et redressa son chapeau.

– Je suis toute décoiffée!

– Permettez-moi, intervint Robert.

Il noua les rubans de soie du chapeau en une boucle impeccable, puis d'un geste affectueux, drapa avec élégance le châle de dentelle sur les épaules de la jeune fille.

– Et voilà, Miss! déclara-t-il, souriant, en lui offrant le bras.

Il était très beau. Isabella comprit soudain la raison des regards jaloux dont elle était victime. Comme elle avait été sotte de ne pas avoir deviné immédiatement! Chaque année, Robert revenait à Bath et chaque année, il faisait une nouvelle conquête.

– Vous semblez troublée. On lit tous vos sentiments sur votre visage, énonça Robert. Ne craignez rien, Isabella; je ne vous tourmenterai plus. Allons-y!

Isabella força un sourire à ses lèvres et posa une main sur la manche du jeune homme. Le couple quitta le porche. Depuis quelques minutes, un homme, dans la rue les observait avec intérêt; il se découvrit et s'inclina en les voyant approcher.

– Bonjour, Miss Burnham.

Isabella serra convulsivement le bras de Robert et, livide soudain, crut défaillir.

– B-bonjour, monsieur Hansford, murmura-t-elle.

10

– Monsieur! fit Jerome à Robert d'un ton glacial. Nous nous connaissons, je crois.

– En effet, répondit ce dernier.

– Quand... suffoqua Isabella, quand êtes-vous...?

– Arrivé à Bath? termina obligeamment le nouveau venu. Hier, fit-il tout en adressant à Robert un coup d'œil à la fois irrité et méprisant. Je me proposais d'aller voir Lady Turner cet après-midi mais peut-être serait-ce préférable de remettre ma visite à demain.

Cette conversation semblait irréelle. Isabella s'entendit répondre :

– Oui, je le crois.

– A demain, donc. Au revoir, Miss, au revoir, monsieur, salua Jerome en remettant son chapeau avant de disparaître dans la foule.

– Eh bien, jeta Robert d'un ton revêche, j'ai enfin la réponse à ma question.

Remarquant le visage défait de sa compagne, il ajouta d'une voix radoucie :

– Désirez-vous que je vous raccompagne, Isabella?

– S'il vous plaît, Robert.

– A présent que je connais l'identité de mon rival, je n'accepterai pas aussi facilement d'avoir été éconduit.

La tête baissée, Isabella n'avait pas vu l'expression hargneuse du jeune homme.

– Je ne comprends pas le sens de vos paroles, murmura-t-elle. Je suis lasse, je veux rentrer.

Jerome marchait à grandes enjambées, bousculant sans s'en rendre compte les piétons qui, par malheur, entravaient sa route. Arrivé sur le pont de Pulteney, il s'arrêta enfin et s'accoudant au parapet de pierre, observa rêveusement les eaux vertes de la rivière Avon.

Il n'était qu'un parfait imbécile! se morigéna-t-il. Il avait suivi une jeune fille jusqu'à Bath pour y découvrir qu'elle se tirait fort bien d'affaire sans lui. D'ailleurs, dès le début, il s'était comporté comme un idiot. Amoureux d'Isabella, il avait d'abord refusé de l'admettre même si son entourage l'avait deviné. Puis, au lieu de se rendre chez les Hursley et de demander sa main séance tenante, il avait laissé Lady Hursley expédier sa nièce à Bath. Pourquoi ne s'était-il pas lancé aussitôt à sa poursuite? Pourquoi avoir perdu son temps dans le Surrey et donner ainsi l'occasion au jeune Walker, ce dépravé notoire, de séduire le cœur d'Isabella?

Jerome fronça les sourcils. Il connaissait Robert Walker. Comment Isabella s'était-elle retrouvée à la merci d'un tel gredin? Il lui fallait à tout prix la mettre en garde contre cet individu, décida le gentilhomme. Mais comment faire? Si elle était amoureuse – ou presque amoureuse, comment critiquer l'être aimé sans passer pour jaloux ou rancunier? Jusqu'à quel point Lady Turner encourageait-elle cette amitié entre Robert et Isabella? Les vieilles dames se laissaient facilement enjôler par les beaux parleurs pourvus de nombreuses relations, tel ce Walker!

Si Jerome Hansford était bouleversé, Isabella l'était encore davantage. Elle passa une nuit blanche. Quand, au déjeuner, Lady Turner remarqua ses yeux cernés, son attitude distraite, elle mit ces symptômes sur le compte de l'amour mais se trompa, hélas, sur l'identité du jeune homme. La vieille dame résolut de parler au général

Walker sans plus attendre; il était temps pour son neveu de faire connaître ses intentions, lui dirait-elle.

Sur ces entrefaites, Isabella annonça d'une voix vacillante l'arrivée de Jerome à Bath et sa visite prévue pour l'après-midi.

– Que fait-il dans cette ville, je me le demande? fit la dame, stupéfaite. Je le croyais très épris de votre cousine Augusta, ajouta-t-elle, les sourcils froncés. Votre chère tante, j'en suis sûre...

– Point du tout! l'interrompit vivement Isabella, les joues en feu. S'il rend visite à la famille, c'est uniquement en qualité d'ami de William Francis.

– Vraiment? s'étonna Lady Turner en haussant un sourcil finement arqué. Vous avez bien fait de m'avertir, mon enfant, car j'étais persuadée du contraire. Je le croyais amoureux de l'une de vos cousines et votre tante, j'en suis certaine... oh, qu'importe! J'aurai mal compris, sans doute. Vous serez là quand il viendra, n'est-ce pas? Il apportera probablement des nouvelles de votre oncle et de votre tante et si vous n'y étiez pas, cela risquerait de paraître étrange.

En prévision de la visite de Jerome, Isabella revêtit une toilette de mousseline bleue, cadeau de Lady Turner, puis elle se regarda dans la glace. La robe à taille haute était dotée de manches ajustées, bouffantes aux épaules, et fermées aux poignets par de minuscules boutons.

– Je n'ai rien fait dont je voudrais me repentir! déclara d'un ton ferme Isabella à son reflet.

En dépit de ces paroles encourageantes et de l'image satisfaisante que lui renvoyait le miroir, l'anxiété de la jeune fille allait en grandissant. Plus l'heure approchait, plus son courage l'abandonnait. Et quand elle entendit la voix de Jerome dans l'escalier, elle crut défaillir.

– Un monsieur, Miss Burnham! annonça Mme Button dans un souffle. Jerome pénétra dans le petit salon.

– Vous êtes très élégante, Miss, dit-il à Isabella.

– C'est un cadeau de lady Turner, expliqua-t-elle en jouant nerveusement avec les boutons à son poignet gauche. Elle s'est montrée bien généreuse envers moi.

– Vraiment? répliqua-t-il d'un ton sec. Je suis heureux de l'apprendre.

Isabella rosit légèrement.

– Elle sera ici dans un instant. Asseyez-vous, je vous en prie. Prenez ce fauteuil. Je n'ose déplacer le caniche car il perd ses poils; il est vieux... ajouta-t-elle inutilement.

Jerome obtempéra et posa son chapeau, ses gants et sa canne sur le sol, tandis qu'Isabella s'asseyait, très raide, sur une chaise en face de lui.

– Comment trouvez-vous Bath? s'enquit Jerome en contemplant fixement la jeune fille. Point monotone?

– Monotone? répéta-t-elle, étonnée.

– D'aucuns s'en plaignent.

– Ce n'est pas mon avis, déclara Isabella en toute franchise.

– Vous vous êtes donc fait des amis?

« Il songe à Robert », pensa Isabella. S'armant de courage, elle décida d'aller droit au but.

– Vous aviez déjà fait la connaissance de Robert Walker, si je ne m'abuse?

– En effet, répondit le gentilhomme, l'air sombre soudain... Le connaissez-vous très bien? ajouta-t-il après un silence gêné.

– Nous nous sommes rencontrés à Bath; il s'est montré très gentil envers moi et m'emmène souvent en promenade. Lady Turner est une amie de son oncle, le général Walker.

Au même instant, des bruits de pas résonnèrent dans la pièce voisine.

– La voilà! s'exclama la jeune fille, soulagée.

– Isabella! fit Jerome en se penchant vers elle. Je dois

vous parler en privé! Quand puis-je vous rencontrer ou vous rendre visite?

– Lady Turner va aux bains tous les matins à 11 heures, répondit-elle, le cœur battant.

– Je serai là demain.

La porte s'ouvrit pour livrer passage à Lady Turner.

– Ah, monsieur Hansford!? Quel plaisir de vous voir! déclara-t-elle en souriant.

Le gentilhomme se leva et baisa la main qu'elle lui tendait.

– Je suis arrivé en avance et Miss Burnham m'a tenu compagnie.

– Petit coquin, va! lança la vieille dame avec indulgence.

Jerome et Isabella se regardèrent, abasourdis.

– Descends immédiatement de ce sofa, tu m'entends? poursuivit-elle.

La caniche grogna, s'étira puis dégringola sur le sol.

– Nous avons été très étonnées d'apprendre votre présence à Bath, ajouta Lady Turner en se tournant vers le visiteur. Je vous prierai de parler un peu plus fort, monsieur, car je suis pratiquement sourde.

– Je me suis décidé de façon soudaine à entreprendre ce voyage, madame, expliqua-t-il en haussant la voix.

– Comment vont Sir Henry et lady Hursley?

– Ils se portaient fort bien quand je les ai vus la dernière fois, répondit Jerome en se rappelant l'attitude maussade d'Augusta et la dignité de sa mère lors du souper chez William. Sir Henry, ajouta-t-il, est en train de gagner sa bataille contre les pucerons.

– Ah, son parc est superbe! Et les demoiselles?

– Superbes, elles aussi, énonça sèchement M. Hansford.

– Comment avez-vous pu quitter une aussi charmante compagnie? s'enquit Lady Turner d'un air malicieux.

– Madame, ce ne fut pas aisé mais j'avais une excellente raison.

– Vraiment? rétorqua-t-elle d'un ton cassant.

La présence de Jerome à Bath déplaisait manifestement à Lady Turner. Aussi Isabella se sentit-elle gênée quand elle vit la dame partir aux bains le lendemain matin; si cette dernière apprenait que Jerome était venu durant son absence, elle serait mécontente. Et la jeune fille s'en voulut de la décevoir alors qu'elle lui avait témoigné tant de bonté.

Isabella se rendit à la fenêtre et jeta un coup d'œil dans la rue. Un homme, vêtu d'une jaquette bleu foncé et d'un pantalon jaune pâle, s'approchait à grands pas; c'était Jerome. Elle courut vérifier sa coiffure dans la glace et fixa vivement une boucle échappée de son chignon. Ses jambes tremblaient.

Jerome souleva le heurtoir de cuivre et frappa. Mme Button, qui guettait justement par le carreau, écarta sa servante et ouvrit la porte tout en jetant sur l'arrivant un regard désapprobateur. Elle ne le blâmait pas, loin de là; après tout, un homme profite toujours d'une occasion quand elle se présente. Cependant, jamais il ne lui serait venu à l'idée que Miss Burnham, si gentille, si bien élevée, pût agir de la sorte. Les demoiselles modernes étaient toutes les mêmes! songea Mme Button. D'ailleurs, il fallait voir comment elles s'habillaient! Les corsets n'étaient plus ce qu'ils étaient avant! Une taille bien lacée et une morale stricte allaient de pair, selon les dires de la brave femme. Et à présent, dès que Lady Turner avait le dos tourné, Miss Burnham recevait un monsieur. Avant midi de surcroît! De quoi nuire à la réputation de la maison! songea la propriétaire avec dédain tout en précédant le visiteur dans l'escalier.

– Isabella! fit Jerome dès la porte refermée sur Mme Button. Vous devinez sans doute la raison de ma présence à Bath.

– Monsieur Hansford... se troubla Isabella. Je l'ignore... je...

– Pour l'amour du ciel, cessez de m'appeler ainsi! On dirait que vous vous adressez à un inconnu!

– Jerome...

Combien de fois avait-elle chuchoté ce prénom dans ses rêves, l'avait-elle écrit sur des bouts de papier qu'elle se hâtait ensuite de brûler!

– Je suis venu vous demander en mariage, déclara-t-il. Ne refusez pas, Isabella. Je me suis conduit comme un sot et je vous prie de pardonner mon attitude. Je vous aime et je vous veux pour épouse. Isabella, ma très chère, je vous supplie...

– Taisez-vous! s'écria la jeune fille en se raccrochant à la table de peur de se trouver mal. Jerome, je ne puis...

– Walker aurait-il réussi à vous abuser par de belles paroles? Si oui, je l'étrangle! conclut Jerome sauvagement.

– Non! Vous vous trompez! s'exclama Isabella, effrayée par la colère soudaine du gentilhomme. C'est un ami, sans plus.

– Alors pourquoi ne voulez-vous pas de moi? Vous aurait-on donné l'ordre de ne pas accepter?

– C'est impossible, voilà tout. De plus, que diraient votre famille, vos amis? fit la jeune fille en songeant à William, à Lydia, aux Hursley.

– Mes parents sont décédés; il me reste uniquement une vieille tante et elle ne s'y opposera pas. De toute façon, à trente ans, je crois avoir le droit de choisir ma femme!

– Ma tante Hursley...

– ...n'a pas un mot à dire! l'interrompit-il.

Jerome traversa la pièce et prit les mains d'Isabella dans les siennes.

– Isabella, vous n'êtes pas encore majeure, je sais, mais

vous le serez dans deux ans. D'ailleurs, je suis certain que votre père n'a jamais désigné votre tante pour remplir le rôle de tutrice. S'il avait vécu, il ne lui aurait pas permis de s'immiscer dans votre vie privée. Et si jamais cette dame tentait de s'opposer à notre mariage, mes avocats auraient tôt fait de contrecarrer ses projets...

Un coup fut frappé à la porte.

– Sacrebleu! grommela Jerome, furibond, en se dirigeant vivement vers la porte pour l'ouvrir à toute volée.

– Excusez-moi de vous déranger, Miss, déclara la propriétaire en fixant délibérément Isabella. Un gamin vient d'apporter une lettre pour Lady Turner de la part du général Walker.

– Je vous remercie, madame Button, répondit la jeune fille. Vous êtes très bonne de vous être dérangée.

Quelle honte! songea Mme Button en descendant l'escalier. Ces deux-là n'avaient pas la conscience tranquille! Cela se lisait sur leur visage. Peut-être ferait-elle mieux d'envoyer une servante chercher Lady Turner à l'établissement de bains.

Isabella appuya la lettre à la pendule et se retourna vers son visiteur.

– Est-ce que le général Walker a l'habitude d'écrire à Lady Turner? s'enquit Jerome, les sourcils froncés.

– D'après moi, c'est la première fois : elle le voit presque chaque jour. Ce n'est sans doute pas très important.

Jerome continuait de fixer la fameuse lettre.

– Isabella! fit-il tout à coup. Si votre tante n'y voyait plus d'objection, accepteriez-vous de m'épouser?

– Oui, Jerome, murmura la jeune fille d'une voix émue, mais je doute qu'elle veuille...

– Je veux tout simplement savoir si vous voulez de moi.

– C'est mon désir le plus cher depuis le premier jour.

Jerome éclata d'un rire joyeux; il saisit la jeune orpheline dans ses bras et la souleva de terre.

– Voilà ce que je voulais entendre!

Puis la serrant tendrement contre lui, il se pencha et posa un baiser sur ses lèvres. Blottie contre sa poitrine, Isabella poussa un soupir de délices.

– Je vous ai toujours aimé, Jerome, et jamais je n'en aimerai un autre, chuchota-t-elle.

Le gentilhomme s'écarta vivement, soudain grave.

– Vous ne savez rien de moi; sinon, vous ne tiendriez pas ces propos.

– Vous me l'avez déjà dit auparavant. Quel est le sens de vos paroles? s'enquit Isabella, le cœur étreint par l'angoisse.

– J'ai quelque chose à vous dévoiler, commença-t-il d'une voix tendue.

Isabella lui avait vu à quelques reprises ce regard étrange, amer, et craignit tout à coup pour leur bonheur tout neuf.

– Il y a quelques années... poursuivit-il.

Au rez-de-chaussée, une porte claqua puis des voix se firent entendre dans l'escalier. Lady Turner était de retour.

– Je n'ai pas le temps de vous raconter maintenant! se hâta de dire Jerome. Isabella, si jamais vous entendez quelque accusation à mon endroit, ne me jugez pas avant de connaître ma version des faits. Promettez-le moi, je vous en supplie!

– Je vous le promets! s'écria-t-elle, désespérée qu'il pût en douter. Jerome... comment expliquerai-je votre présence ici? Elle ne rentre jamais si tôt!

Lady Turner avait sans doute été mise au courant par Mme Button de la visite de Jerome car elle ne manifesta aucune surprise en l'apercevant.

– Ah, monsieur Hansford! vous êtes matinal! Ma chère Isabella, il y avait un monde fou aux bains et certains curistes étaient si mal élevés que j'ai été forcée de rentrer!

– Vous avez reçu une lettre du général Walker, madame, fit Isabella d'une voix faible en lui tendant l'enveloppe.

– Pourquoi m'écrit-il donc? s'exclama la dame, étonnée. Je la lirai tout à l'heure. Dînerez-vous avec nous, monsieur? Isabella et moi mangerons bientôt. Je dois être à jeun pour prendre les eaux; aussi ai-je très faim quand je rentre. Je puis seulement vous offrir du poulet bouilli mais Mme Button est une fine pâtissière et nous a promis une tarte aux abricots.

Jerome comprit l'allusion à demi-mot et remercia la dame; il avait rendez-vous avec des amis, allégua-t-il. Et quand Isabella lui tendit son chapeau et ses gants, il lui chuchota :

– Ne lui dites rien! Je m'en charge!

Isabella referma la porte sur le visiteur. Lady Turner exigerait des explications et elle n'en avait aucune, songea-t-elle.

A sa grande surprise, toutefois, la dame déclara :

– Je vais m'étendre avant le dîner, Isabella, et j'en profiterai pour lire la mystérieuse lettre du général. Vous me réveillerez à une heure si par hasard je m'étais endormie.

11

Lady Turner s'allongea sur son lit de repos et se mit à caresser machinalement la tête de son chien. M. Hansford était venu à Bath uniquement pour se rapprocher d'Isabella; c'était clair. A première vue, quoi de plus inoffensif? Tomber amoureux n'était pas un crime, après tout. Néanmoins, la vieille dame était ennuyée pour deux raisons.

D'après Lady Hursley, Hansford était le prétendant d'Augusta dont Lady Turner admirait la beauté et l'élégance. Elle savait par expérience que ces deux qualités ne suffisaient pas pour retenir un homme. Hansford, donc, s'était désintéressé de Miss Hursley pour courtiser Isabella. Eh bien, trancha la vieille dame, vous ne ferez pas la cour à chaque jeune fille de la famille pour avoir le plaisir de briser des cœurs.

Il y avait aussi Robert Walker. Un signe d'encouragement d'Isabella et il demanderait sa main; Lady Turner en était persuadée. D'ailleurs, ce jeune homme lui plaisait et ses espérances n'étaient pas à négliger. De plus, la vieille dame était flattée d'avoir joué un rôle important dans cette alliance et n'avait aucunement l'intention de voir ses beaux projets réduits à néant par le nouvel arrivant.

C'est donc dans cet état d'esprit que Lady Turner décacheta la lettre du général. Sa lecture devait arracher à la dame un cri de surprise et détruire à jamais toute chance qu'aurait pu avoir Jerome de gagner sa faveur.

D'une écriture fine et serrée, le général commençait par s'excuser du contenu de sa missive. Mais comme il savait Lady Turner très attachée à Isabella, soulignait-il, il avait cru de son devoir de lui dévoiler un épisode du passé de M. Hansford. Il avait appris par son neveu sa présence à Bath et les attentions dont ce dernier entourait Isabella. Robert, ajoutait-il, s'inquiétait beaucoup au sujet de la jeune fille; aussi avait-il révélé en détail à son oncle ce scandale répugnant.

« L'affaire a eu lieu il y a cinq ou six ans et concerne une actrice, du nom de Kate Neill. L'individu – je ne le qualifierai pas de gentilhomme – qui nous intéresse « entretenait », paraît-il, ladite Kate Neill. Je ne lui en tiens pas rigueur car cela arrive souvent et Hansford n'aurait pas été le premier à installer une jolie actrice. Cette liaison toutefois prit une tournure lamentable. Miss Neill vivait aux frais de Hansford depuis un certain temps quand elle eut l'infortune de lui donner un enfant. Quelques mois à peine après la naissance, Hansford chassait la mère et l'enfant du logis qu'il avait loué pour eux. A compter de ce jour, il refusa de les revoir et jamais il ne versa un sou pour leur entretien. La mère tomba dans la misère et son nourrisson devint malade. A plusieurs reprises, la pauvre jeune femme alla supplier son ex-protecteur de l'aider; mais chaque fois, ce secours lui fut refusé. Le malheureux enfant mourut. Quant à la mère, personne ne sait où elle se trouve. Elle ne retourna pas au théâtre. Je ne suis pas homme à répéter des rumeurs dénuées de tout fondement. Je vous ai fait part de cette triste histoire parce que cet infâme individu a osé se présenter chez vous afin de poursuivre Miss Burnham de ses assiduités. Vous prendrez, j'en suis certain, les dispositions nécessaires pour protéger cette jeune personne. Si je puis vous être de quelque secours, n'hésitez pas à me le faire savoir. J'ai eu beaucoup de mal à dissuader mon neveu de provoquer M. Hansford en duel. Si rien n'est entrepris pour mettre fin à la relation entre Miss Burnham et M. Hansford, je crains une effusion de sang.

Lady Turner replia soigneusement la lettre et la rangea dans un coffret. Elle ne dévoila rien de ces révélations à Isabella mais les jours suivants, elle trouva mille prétextes pour la garder auprès d'elle; ainsi la jeune fille n'avait plus un seul moment de libre. De plus, quand par deux fois M. Hansford se présenta chez elle, la vieille dame allégua une migraine pour ne pas le recevoir.

Isabella avait parfaitement deviné que Lady Turner cherchait à la tenir éloignée de Jerome mais en ignorait la raison. Au bout de quatre jours, toutefois, elle en eut assez et décida de s'échapper pour voir Jerome, coûte que coûte. En digne fille de militaire, elle planifia sa stratégie avec soin. Il lui fallait un complice. Justement, Mme Button employait une petite servante de quatorze ans, chargée de frotter l'escalier ou de laver les carreaux. Toutes deux se disputaient perpétuellement. A un moment donné, en jetant un coup d'œil par la fenêtre, Isabella vit la petite bonne revenir du marché avec un lourd panier. Profitant de la sieste de Lady Turner et de l'absence de Mme Button, la jeune orpheline dévala l'escalier et retrouva la servante à la cuisine.

– Bonjour, Annie, fit-elle gentiment.

– Bonjour, Miss, répondit la gamine en s'essuyant le nez sur sa manche avant de fixer l'intruse d'un regard morne.

– Me rendrais-tu un grand service pour gagner un shilling? demanda Isabella tout en souhaitant ardemment que la servante ne soit pas simplette.

Celle-ci gardait le même regard dénué d'expression.

– Un service tout simple, Annie. Mais... ce serait entre toi et moi.

– Ha! Faut pas le dire à Mme Button?

– Non, sous aucun prétexte!

– Ni à la vieille femme?

– La vieille femme? répéta Isabella, quelque peu choquée. Veux-tu dire Lady Turner? Elle non plus ne doit pas être au courant.

– Ce serait rapport au beau monsieur qui est venu voir mademoiselle que j'en serais pas étonnée! fit Annie d'un ton sentencieux.

– D'une certaine façon, oui.

– Entendu! acquiesça Annie, attirée par l'appât du gain.

La servante écouta donc soigneusement le nom, l'adresse et la description du gentilhomme. Miss Burnahm serait à la bibliothèque le lendemain après-midi à 4 heures et demie, devrait-elle lui répéter. Elle prit ensuite le shilling que lui tendait la jeune fille et l'enfouit dans quelque cachette mystérieuse au fond de ses jupes en lambeaux.

Quelques heures plus tard, Annie croisa Isabella dans l'escalier et lui fit un clin d'œil complice.

– C'est fait. Il était étonné mais m'a paru très content!

Jerome lui avait en effet donné cinq shillings, une véritable fortune!

Le lendemain après-midi, quand Isabella pénétra dans la bibliothèque, Jerome posa vivement le journal qu'il relisait pour la troisième fois et courut vers elle.

– J'ai essayé de vous voir! fit-il en prenant sa main dans la sienne.

– Je sais! Je ne comprends pas, Jerome! Elle ne me quitte pas d'une semelle! Si j'ai eu le droit de venir ici aujourd'hui, c'est uniquement parce qu'elle n'avait plus rien à lire.

Jerome prit le bras d'Isabella et l'entraîna à l'écart.

– Grâce au ciel, vous avez pu me transmettre ce message! Isabella, j'ai à vous parler. Asseyons-nous ici; on ne risque pas de nous entendre.

– Je ne puis rester longtemps, Jerome. Il se passe quelque chose, mais quoi? Je l'ignore. Si seulement j'avais un indice! Lady Turner a envoyé une longue missive à ma tante et elle l'a rédigée de sa main. Pourtant, j'ai dû écrire cinq lettres pour elle cette semaine car elle souffrait, prétendait-elle, d'une migraine atroce. Je suis entrée dans le petit salon au moment même où elle cachetait l'enveloppe et j'ai pu lire l'adresse. Elle a paru gênée et a aussitôt déclaré se porter beaucoup mieux. Pourquoi a-t-elle un comportement aussi étrange? Quand vous vous êtes présenté la dernière fois, nous étions à la maison mais elle a prié Mme Button de vous dire que nous étions sorties. Pour quelle raison Lady Turner vous évite-t-elle? s'enquit anxieusement la jeune orpheline. Robert a ses faveurs et pourtant il ne les mérite pas. Non pas qu'il se soit mal comporté envers moi! se hâta-t-elle d'ajouter.

– C'est à cause de cette maudite lettre! maugréa Jerome avec amertume.

– Celle du général Walker? Comment est-ce possible?

– Isabella, interrogea Jerome d'une voix grave, m'aimez-vous véritablement?

– Doutez-vous de mon amour parce que j'ai laissé Lady Turner vous éconduire sans souffler mot?

– Point du tout. Mais si, par exemple, vous appreniez sur mon compte quelque chose de choquant... de terrifiant, persisteriez-vous à m'aimer?

– Je vous aime pour la vie, Jerome, déclara calmement Isabella. Même si ma tante ne consentait jamais à notre mariage, même si vous tombiez amoureux d'une autre et l'épousiez.

– Et si j'avais laissé mon enfant mourir de faim? Ne serais-je pas un monstre à vos yeux? Continueriez-vous de me faire confiance?

– Oui, Jerome, je vous ferai toujours confiance, quoique ce sentiment ne soit pas réciproque.

– Pourquoi dites-vous cela? demanda-t-il, stupéfait.

– Parce que vous refusez de me dire la vérité. Le général Walker, affirmez-vous, a raconté à Lady Turner un fait horrible. Il parviendra à mes oreilles sans doute un jour mais je préfère que ce soit de votre bouche et non de la leur.

Le gentilhomme respira profondément.

– Fort bien. Promettez-moi cependant de ne pas m'interrompre. Il y a près de six ans, j'ai fait la connaissance à Londres d'une actrice. Walker me l'avait présentée. Peu connue, elle jouait les soubrettes au théâtre.

Jerome se tut l'espace d'un instant, perdu dans ses pensées.

– Elle n'avait pas d'instruction mais était vive, intelligente, très fine même à sa façon. J'en suis tombé amoureux ou du moins, je l'ai cru. Quant à elle, elle jouait bien son rôle. Ce qui est peu étonnant car c'était son métier. Elle m'a ensorcelé jusqu'à ce que je sois à sa merci. J'étais fou d'elle et je croyais sottement ce sentiment réciproque. En fait, elle était amoureuse de Walker, je m'en rends bien compte à présent, mais il n'avait pas les moyens de la faire vivre. Pendant six mois, j'ai été l'homme le plus heureux de la capitale. Puis je commençai à remarquer certains faits troublants. Elle partait durant plusieurs heures sans dire où elle allait. Ou bien je trouvais chez elle des objets que je ne lui avais pas offerts et que jamais elle n'aurait achetés. Je connaissais bien ses préférences; elle prisait ce qui était clinquant. Au contraire, ces bibelots étaient souvent coûteux et d'excellent goût. Tout autre, moins épris que je ne l'étais, en aurait aussitôt tiré des conclusions.

Cependant, elle s'aperçut sans doute de mon étonnement car les bibelots cessèrent d'affluer – ou peut-être les cachait-elle? – et elle devint tout à coup très tendre. Elle m'annonça alors attendre un enfant. Au début, je fus ravi et j'oubliai tous mes pressentiments. Je l'aurais même épousée! Quelque temps avant la naissance du bébé, j'ai fait une découverte. Je n'étais qu'un amant parmi tant d'autres; à la différence que moi je payais son loyer. Elle ne m'avait jamais été fidèle et m'avait dupé, trompé. Cet enfant qu'elle portait était-il le mien? Je n'en étais même pas sûr. Comment vous décrire mes sentiments d'alors? Je me mis à la détester. Elle me dégoûtait, ses sourires, ses caresses me répugnaient.

Néanmoins, je ne pouvais la chasser dans son état. Je lui permis donc de continuer d'habiter l'appartement mais après son accouchement, elle devrait en partir et quitter ma vie à jamais. Elle sembla accepter de bonne grâce; sans doute pensait-elle réussir à me charmer à nouveau. Un amant déçu se montre souvent implacable! Trois mois après la naissance de la petite fille, elle partit, emportant le bébé, les meubles et jusqu'à la moindre babiole. J'étais enfin débarrassé.

Combien je me trompais! Quelque temps après, je reçus une lettre : elle avait été malade et n'avait plus un sou. Elle ne trouvait pas de travail au théâtre, l'enfant était souffrante et avait besoin de médicaments. Méfiant, je n'en crus pas un mot, persuadé qu'elle me tendait un piège. Aveuglé par la colère, je ne répondis pas. Elle m'écrivit une seconde fois, me suppliant de me rendre chez elle afin de me rendre compte de ses conditions de vie. Le ton était pathétique et je faillis céder; mais au dernier moment, je reculai et allai consulter mes avocats. Je me proposais de lui verser une certaine somme mais ils me le déconseillèrent fortement. Dès que je lui donnerais un sou, je reconnaîtrais implicitement l'enfant et elle me harcèlerait encore plus.

Elle me contacta à nouveau. Cette fois, je lui fis parvenir un message; je refusais de la voir et de lui donner de l'argent mais je m'engageais à payer tous ses frais médicaux.

– A mon avis, c'était la meilleure solution, fit Isabella, oubliant qu'elle avait promis de ne pas interrompre.

– Il était trop tard, hélas. L'enfant était morte dans la nuit, m'apprit mon messager dès son retour. Kate, bouleversée, ivre, était méconnaissable. Elle accabla mon envoyé d'injures et hurla à qui voulait l'entendre que j'avais volontairement laissé mourir son enfant. Et voilà, vous savez tout maintenant.

Il y eut un long silence.

– Mon père... commença Isabella.

– Oui? insista Jerome voyant qu'elle s'était tue.

– A la mort de maman, papa... a eu un immense chagrin. Il se mit à boire, à s'endetter. Il était au plus bas quand il a rencontré une... une fille. Il se sentait très seul, je crois. Mère lui manquait énormément; en outre, il se tourmentait parce qu'il n'avait pas les moyens de me faire instruire et ne pouvait rembourser ses dettes de jeu. Cette femme lui fit beaucoup de bien.

– L'avez-vous rencontrée?

– Non. Mais un jour, je l'aperçus au bras de papa. Celui-ci riait; je ne l'avais pas vu aussi heureux depuis des semaines. Peut-être d'une certaine façon était-il amoureux... comme vous de Kate... Seulement, à l'instar de votre Kate, elle attendit un enfant. Cela provoqua des histoires terribles. Papa crut être forcé de donner sa démission. Le père de la fille en question, un affreux homme, alla même jusqu'à crier des injures ignobles sous nos fenêtres. Ce fut alors que... hésita Isabella, Jerome, je vais vous confier un secret. Ce fut alors que mon père s'en fut trouver mon oncle Hursley et lui demanda de l'argent afin de se dégager de toute responsabilité envers sa maîtresse. Et mon oncle paya.

– Sir Henry? s'exclama Jerome, incrédule.

– Oui; cependant ma tante n'en a jamais rien su! D'ailleurs, papa et mon oncle étaient à mille lieues de supposer que j'étais au courant. C'est une parente de la fille qui m'a un jour abordée dans la rue pour déverser son fiel et m'a révélé cette sordide anecdote. Papa, m'expliqua-t-elle, avait en effet supplié mon oncle de lui donner la somme. Votre triste conte ressemble fort à celui de mon père et je vous comprends parfaitement. Vous n'étiez pas vraiment responsable. Comment pouviez-vous être certain que Kate et le bébé étaient réellement malades? Que votre maîtresse n'usait pas d'un stratagème pour vous extorquer de l'argent? En eussiez-vous été sûr, vous lui seriez venu en aide, j'en suis persuadée. Oh, Jerome! s'écria Isabella en se redressant. Quelle heure est-il? Je dois absolument rentrer! Il me faut d'autres livres!

– Je vais vous aider, proposa-t-il.

– Vous ne saurez quels ouvrages choisir... oh, tant pis, prenez n'importe lesquels!

Une demi-heure plus tard, Isabella, hors d'haleine, pénétrait dans les appartements de Lady Turner. Il n'y avait personne dans le salon. Entendant du bruit dans sa chambre, la jeune fille s'y rendit aussitôt. Quand elle ouvrit la porte, elle demeura bouche bée. La femme de chambre était en train de ranger soigneusement dans une malle le linge d'Isabella.

– Que signifie...? balbutia cette dernière.

– Oh, Isabella, vous voilà enfin de retour! fit la dame en apparaissant derrière elle. Je viens de recevoir une lettre de votre tante; elle désire que vous rentriez sur-le-champ. Vous prendrez la diligence à l'aube. Je suis désolée de vous voir partir mais on a besoin de vous dans le Surrey. Est-ce que ce sont mes livres? Mais j'ai déjà lu celui-ci! Et pourquoi avoir choisi les sermons de Bossuet? Je suis une bonne chrétienne, soit, mais de là à choisir cela pour me distraire! Ils ont plutôt tendance à m'endormir!

Ce fut seulement en fin de soirée qu'Isabella trouva le loisir de rédiger à la hâte un mot pour Jerome. « Je suis forcée de retourner dans le Surrey. Je prends la diligence demain matin. Je ne vous reverrai peut-être jamais mais je vous aimerai toujours. Votre Isabella. »

Il était trop tard pour envoyer le message mais Annie promit de le porter en début de matinée. Quand Jerome le recevrait, Isabella serait déjà loin.

12

Il régnait une chaleur étouffante dans la diligence. L'un des passagers, un homme bedonnant au visage rubicond, ne cessait de fixer Isabella et lui lançait de temps à autre un « Chaud, n'est-ce pas? » qui ne trouvait aucun écho. La jeune fille s'adossa aux coussins et ferma les yeux. Annie avait-elle réussi à porter le message à Jerome?

– Onze heures! remarqua son compagnon. Nous nous arrêterons bientôt pour dîner!

Onze heures, songea Isabella. Il avait sans doute reçu sa lettre. Peut-être même était-il en train de la lire.

La diligence pénétra en cahotant dans la cour d'une auberge et s'immobilisa.

– Une demi-heure! cria le cocher aux voyageurs.

Isabella n'avait pas faim; elle suivit à pas lents le groupe de voyageurs vers la salle où le repas était servi. Tout en avançant, elle crut reconnaître un élégant cabriolet; et au moment où elle franchissait le seuil de l'auberge, une voix familière l'interpella :

– Isabella!

– Robert, fit-elle, étonnée. Je me disais bien aussi que vous ne me laisseriez pas le loisir de vous oublier!

– Êtes-vous déçue?

Elle ne répondit pas à sa question mais se contenta de déclarer :

– Lady Turner vous a annoncé que je prenais cette diligence, n'est-ce pas?

– Oui. Êtes-vous très en colère contre moi, Isabella? demanda-t-il timidement.

– Vous n'aviez pas le droit de faire ce récit à votre oncle! Je ne suis pas fâchée avec vous car n'est rien changé pour moi. J'aime Jerome et je l'aimerai toujours. Vos efforts pour empêcher notre mariage ont été vains puisque ma tante s'en était déjà chargée. Cela aura uniquement servi à assouvir votre rancœur.

De la salle à manger provenaient des bruits de vaisselle, des murmures.

– Vous n'aurez pas le temps de déjeuner, fit Robert simplement.

– Je n'ai pas faim.

– Vous devriez vous restaurer. Le trajet sera long.

– Je n'ai pas faim, Robert, je vous l'ai déjà dit! s'écria-t-elle d'un ton cassant. Retournez à Bath, je vous en prie!

– Je suis en route pour Londres.

– Et votre oncle?

– Au diable mon oncle! répliqua-t-il avec humeur. Prenez au moins un thé. Je vais appeler le garçon.

La jeune fille se laissa entraîner vers la salle et s'installa sur un sofa poussiéreux et inconfortable. Robert s'assit en face d'elle.

– Vous ne l'aimez pas vraiment, n'est-ce pas? s'enquit-il. Vous cherchez seulement à me remettre en place.

– Vous vous leurrez, monsieur! riposta-t-elle sèchement.

– Je comptais vous persuader de m'accompagner à Londres, fit-il tristement. Nous pourrions nous marier, insista-t-il comme Isabella détournait la tête. Je vous ferais oublier Hansford si vous m'en laissiez l'occasion.

– C'est inutile, Robert. Nous nous rendrions mutuellement malheureux.

Dehors, une voix éraillée invitait les voyageurs à regagner leurs sièges. Robert l'escorta jusqu'à la diligence et l'aida à monter.

– Bonne route, Isabella, fit-il.

– Adieu, Robert.

Le fouet claqua et la voiture s'ébranla lourdement. Demeuré seul, le jeune homme la regarda s'éloigner.

Lady Hursley réserva à sa nièce un accueil glacial.

– Je ne trouve pas de mot assez fort pour décrire ton attitude méprisable envers ta cousine Augusta et moi!

– Je suis navrée de vous avoir causé du souci, ma tante, mais qu'ai-je donc fait de mal?

– Tais-toi, petite impertinente! Quand je songe que je t'ai hébergée sous mon toit au lieu de te laisser mourir de faim! Tu es stupide et têtue. En plus tu te révèles impolie, ingrate, sournoise et perfide!

– Mais, ma tante, protesta la jeune fille, les yeux mouillés de larmes, vous êtes injuste! Je ne suis pas ingrate et jamais je n'ai tenté de vous tromper! Ni vous, ni Augusta!

– Ni Augusta? Sans ton intervention, elle serait aujourd'hui Mme Hansford! Oh, dire que je t'ai fait confiance! s'exclama Lady Hursley en portant d'un geste théâtral une main à son front. Quelle erreur grossière! Toutes les occasions étaient bonnes pour essayer d'enjôler ce gentilhomme! Tu as guetté son passage durant ses promenades, tu t'es ingénié à provoquer une chute de cheval, tu lui as fait des grâces au bal chez le comte alors que tu portais une robe que t'avait donnée ma pauvre petite fille chérie, et pour finir, tu l'as attiré à Bath afin de continuer à intriguer en secret!

– Comment aurais-je pu tenter d'enjôler M. Hansford? se ressaisit Isabella. Je suis ignorante, mal élevée, pauvre et maladroite; vous me l'avez dit vous-même!

– Tais-toi! hurla sa tante. Un mot de plus et...

Elle s'interrompit à temps. Dans sa colère elle avait failli la chasser de chez elle. C'était sans doute ce que visait cette misérable enfant! Elle n'attendait que cela pour se précipiter en larmes chez Hansford. A tout prendre, Lady Hursley préférait garder sa nièce chez elle – même si sa présence lui était pénible – plutôt que de la laisser raconter dans le pays les mauvais traitements dont elle avait été victime.

– En mémoire de mon frère, déclara-t-elle avec dignité, je n'en dirai pas davantage pour le moment. Je vais cependant te demander une seule chose. Tu soutiens ne pas avoir cherché à charmer Hansford : prouve-le. Écris-lui que ses assiduités t'importunent et qu'il doit y mettre fin séance tenante.

Il y eut un long silence. Isabella, livide, finit par déclarer d'une voix à peine audible mais ferme :

– Je suis navrée, ma tante, mais je ne le ferai pas parce que ce serait faux et il...

– Il quoi? exigea Lady Hursley en s'agrippant aux bras de son fauteuil.

– Il n'en croirait rien!

– Petite insolente! s'écria la dame en cherchant désespérément son flacon de sels. Sors de cette pièce immédiatement et monte dans ta chambre! Tu en sortiras quand tu consentiras à me présenter tes excuses!

Dans l'escalier, Isabella croisa Augusta; elles s'observèrent toutes deux avec haine.

– Tu ne l'auras pas! lança cette dernière avec colère.

– Je refuse d'aborder ce sujet avec toi!

– Mademoiselle prend de grands airs! railla Augusta, dépitée. Tu seras donc Mme Hansford? Tu rouleras en carrosse et changeras de robe chaque jour de la semaine? Sans doute pour oublier que tu as habité des taudis, porté nos vieilles toilettes et que tu t'es servi de tes jambes pour te déplacer!

– Je comprends tes sentiments, Augusta, fit sa cousine en tentant de garder son sang-froid. Mais je ne suis pas fautive.

– Cesse de feindre l'innocence! Je vois clair dans ton jeu, espèce d'effrontée! Du vivant de ton père, tu séduisais tous les officiers de la garnison, célibataires ou non!

Excédée, Isabella asséna sur la joue de sa cousine une gifle retentissante. Éberluée, Augusta recula d'un pas; puis, le regard étincelant de rage, elle empoigna les boucles rousses d'Isabella et tira de toutes ses forces. Les larmes aux yeux tant la douleur était vive, Isabella saisit la main de son adversaire. Celle-ci réussit à se dégager, tira le corsage de mousseline d'Isabella et d'un geste brutal, le déchira. Hors d'elle, l'orpheline lança spontanément à sa cousine offusquée une bordée d'injures dignes d'un corps de garde et apprises dans sa tendre enfance. Puis elle lui envoya un coup de pied dans le tibia. Augusta lui répondit par un coup de poing. Les deux jeunes filles se mirent à lutter corps à corps, perdirent l'équilibre et dégringolèrent tête la première jusqu'au pied de l'escalier.

Alertée par le vacarme, toute la maisonnée accourut. Lady Hursley poussa un grand cri et tomba dans les bras du maître d'hôtel. Lydia se précipita vers sa sœur pour l'aider à se relever et Theresa courut chercher un flacon de sels pour sa mère.

– Elle m'a poussée dans l'escalier! hurla Augusta, échevelée.

– Elle a déchiré ma robe! rétorqua Isabella.

– Bonté divine, quelle indécence! s'écria Lady Hursley en remarquant la tenue débraillée de sa nièce. Monte immédiatement à ta chambre! Perkins, renvoyez les domestiques à leurs occupations! Lydia, emmène ta sœur!

Lydia entraîna Augusta de force jusqu'au petit salon puis claqua la porte.

– Tu exagères, Augusta! Combien de fois t'ai-je répété de te dominer!

– Elle m'a poussée, insista sa sœur d'un air boudeur.

– Elle n'a pas déchiré son propre corsage!

– Elle m'a giflée!

– Il y a des moments où je le ferais moi aussi avec plaisir! s'écria Lydia, exaspérée.

– Tu as toujours été de son côté!

– J'ai toujours pris parti pour toi, au contraire! A compter d'aujourd'hui, ne compte plus sur moi car tu as un comportement inadmissible!

– A ta guise! répliqua sa cadette avec un haussement d'épaules avant de se retourner vers la glace pour se recoiffer.

Lydia observait sa sœur d'un air pensif. Si Jerome désirait épouser Isabella, William aurait beau pousser des soupirs exaspérés, il finirait par respecter son choix car c'était un ami loyal et il attendrait la même attitude de sa future épouse. Lydia n'avait pas du tout l'intention de compromettre son propre avenir uniquement pour aider Augusta à exercer sa vengeance sur leur cousine. Brusquement, elle discerna dans le visage de sa sœur reflété dans le miroir une expression qui lui déplut.

– Que manigances-tu, Augusta?

– Cela ne te regarde pas!

– Tu médites quelque mauvais coup, n'est-ce pas? Tu te feras du mal... plus encore que tu n'en feras à Isabella, prévint son aînée.

– Cette traînée t'a ensorcelée tout comme elle a ensorcelé Hansford, cet imbécile de Presles, ton cher William et son benêt de beau-frère officier!

– Je renonce à discuter plus longtemps avec toi, déclara Lydia, offusquée, en quittant son siège.

– Renoncez, de grâce! fit Augusta en parodiant l'air digne de son aînée.

Lydia lui jeta un regard méprisant et se retira avec majesté.

Quelques jours plus tard, Augusta arriva au dîner les yeux rougis, la mine abattue.

– Que se passe-t-il, ma chérie? s'enquit sa mère.

– Oh Mère! J'ai tant de peine! J'ai perdu ma superbe émeraude, cadeau de Père pour mon anniversaire! Elle était dans mon coffret ce matin, je l'y ai vue. Puis Theresa est venue me chercher pour me montrer les gravures de modes qui venaient d'arriver de Londres par la poste. Et comme une étourdie, j'ai laissé mon coffret ouvert sur ma coiffeuse. Quand je suis revenue dans ma chambre au bout d'une heure, la bague avait disparu.

– Tu l'as sans doute égarée, suggéra Theresa; tu ne prends pas soin de tes affaires.

– C'est faux! rétorqua Augusta.

– N'y a-t-il rien à manger? grogna Sir Henry en fixant son assiette vide d'un air mécontent. Si j'avais su, je serais resté dans ma serre!

– Pour l'amour du ciel, Henry! s'écria sa femme. Cessez de penser uniquement à vos plantes! Ne voyez-vous pas le désespoir de votre fille?

– Donnez-lui à dîner! rétorqua son mari. Elle se sentira mieux.

– N'écoutez pas votre père! ordonna Lady Hursley à ses filles. Dès le repas terminé, nous fouillerons partout.

– Augusta! souffla Lydia. Tu as encore fait des tiennes!

Augusta secoua négativement la tête avec un sourire angélique.

La maison fut inspectée de fond en comble. Tous les domestiques furent interrogés et la femme de chambre d'Augusta, en larmes, menaça de donner sa démission. Quant à Sir Henry, il se retira dans son bureau et refusa de s'intéresser à l'affaire.

Cependant, la fouille se révéla infructueuse.

– Tu l'as égarée, j'en suis certaine, marmonna Theresa d'un ton maussade. Je ne cherche plus; je suis épuisée.

– On finira bien par la retrouver, marmonna Augusta. N'ayez crainte! Isabella, ajouta-t-elle en se tournant vers sa cousine, n'as-tu pas un flacon de sels dans ton réticule? J'ai la tête qui tourne.

– Oui, je crois, répondit Isabella, étonnée.

Elle tira les cordons de son sac de velours et y plongea la main. Soudain, ses doigts s'immobilisèrent et une expression de stupeur traversa son visage. Extirpant ensuite l'objet recherché, elle le tendit à Augusta. Cette dernière hésita avant de le prendre puis le porta à son visage.

– Il y a également ceci, poursuivit calmement Isabella.

Elle enfouit à nouveau la main et l'en ressortit fermée. Puis elle desserra le poing. Il y eut un silence abasourdi.

– C'est la bague! s'exclama Theresa. Comment est-elle arrivée là?

Lydia serra les lèvres et décocha à Augusta un regard outré.

– Réponds! accusa Lady Hursley d'une voix glaciale.

– Je l'ignore, répondit l'orpheline qui, après avoir jeté un coup d'œil sur Augusta, avait deviné toute la vérité.

– J'attends toujours, ma nièce! énonça froidement Lady Hursley. Qu'as-tu à dire pour ta défense?

– Rien.

– Rien? Allons, ne joue pas l'idiote! Tu as sûrement quelque excuse!

– Non, rien du tout! éclata l'orpheline.

La pauvre enfant avait le cœur serré. Qu'avait prévu Augusta au juste? se demanda-t-elle. Qu'une tierce personne la trouve dans le sac? Ou qu'Isabella, affolée, en tentant de remettre subrepticement le bijou dans le coffret, se fasse prendre en flagrant délit? Elle se tourna vers Augusta.

– Tiens, voilà ton émeraude.

Augusta rougit violemment et arracha avec un regard de défi son bien de la main de sa cousine.

– Isabella, j'exige des explications! jeta sa tante d'une voix stridente.

– Qu'importe ma réponse puisque vous avez déjà pris parti? Vous voudriez sans doute m'envoyer en prison?

– La prison est réservée aux domestiques, trancha Theresa d'un ton pédant. Dans les bonnes familles, on étouffe toujours ces incidents fâcheux.

– *Incident!* lança Isabella en se tournant brusquement vers sa jeune cousine. Qu'entends-tu par là?

Theresa devint cramoisie et se tortilla sur sa chaise d'un air embarrassé.

– Eh bien... les vols!

– Tu n'es qu'une enfant gâtée! jeta Isabella d'un ton péremptoire. Une rose éclose trop vite, comme le disait si bien Armand!

– Comment! hurla sa tante. Ce... ce coureur de dots! Cet individu que j'ai eu la bonté d'accueillir chez moi malgré sa réputation de joueur! Ce sans-le-sou a osé parler ainsi de l'une de mes filles? De jeunes personnes dont l'éducation et la culture parfaites les destinent à évoluer dans les meilleurs milieux?

La dame faillit s'étouffer de colère; elle avait complètement oublié qu'elle avait déjà songé à Presles comme mari pour Theresa puis pour Isabella.

– Vos filles, ma tante, fit cette dernière, sont des écervelées capricieuses et égoïstes!

– Ah, vraiment! s'écria Lady Hursley, l'air menaçant. Tu n'es qu'une envieuse! Mais tu n'es pas près d'oublier de sitôt ta dernière remarque! Je vais de ce pas voir ton oncle pour le consulter, non seulement en sa qualité de chef de famille mais également de magistrat!

Sir Henry était plongé dans la lecture d'une lettre qu'il avait reçue d'un horticulteur.

- Henry, c'est Isabella qui a volé la bague, pensant sans doute que son geste passerait inaperçu! Mais voyant le remue-ménage que cela provoquait, elle s'est vue forcée de la restituer.

Sir Henry posa à regret sa lettre sur la table.

– Eh bien, Henry? s'impatienta son épouse.

– Eh bien... eh bien, quoi?

– Que ferez-vous?

– Mais rien du tout!

– Rien? Rendez-vous compte! Cette enfant est une voleuse!

Excédé, Sir Henry laissa échapper un soupir avant de prononcer d'une voix sèche :

– Taisez-vous, madame. Vous vous abaissez.

Le silence le plus absolu se fit. Anéantie, sa femme ouvrit la bouche à plusieurs reprises sans pouvoir articuler la moindre syllabe.

– Henry! protesta-t-elle enfin. Est-ce vous qui me parlez sur ce ton?

– Oui, madame, répondit son mari avec calme. Votre attitude est impardonnable. La fille de votre frère, une voleuse? Je ne m'attendais pas à entendre cela de votre bouche. Si la petite Isabella trouvait une piécette dans la rue, elle passerait la journée à chercher son propriétaire, vous le savez fort bien! Vous devriez avoir honte, madame! Je ne veux plus entendre un mot de cette affaire.

– Mais elle...

– Je ne veux plus en entendre un mot, ai-je dit! tonna Sir Henry. Si Augusta est incapable de prendre soin de ses bijoux, retirez-les-lui et mettez-les dans un endroit sûr! Quant à votre nièce, madame, je vous conseille de réfléchir à l'avenir avant de l'accuser. Que l'on ne parle plus de cette bague dans cette maison! M'avez-vous bien compris?

– Oui, Henry, murmura Lady Hursley.

Elle venait de commettre la plus grave méprise de sa vie, se rendait-elle compte à présent, en ayant sous-estimé le charme d'Isabella.

Sir Henry reprit sa lettre et ajouta d'un ton radouci :

– Filez, ma chère, et ne m'importunez plus avec ces histoires ridicules. Je viens de recevoir des renseignements précieux sur les greffes de rosiers.

A peine Sir Henry avait-il terminé qu'un coup fut frappé à la porte.

– Qu'est-ce que c'est encore? grogna-t-il.

– M. Hansford est là et prie instamment monsieur de le recevoir, déclara dignement Perkins.

13

– Il désire me voir? s'étonna le maître de maison tandis que sa femme, livide soudain, laissait échapper un gémissement atterré. Eh bien, faites-le entrer.

– Veuillez m'excuser, Henry, murmura Lady Hursley en quittant le bureau à la hâte.

– Ah! Que de tracas! soupira Sir Henry. Je ne peux même plus lire mon courrier en paix. Entrez, monsieur, entrez! Et asseyez-vous!

– Merci, fit Jerome en pénétrant dans la pièce. Je ne vous dérange pas, j'espère?

– Point du tout! mentit son interlocuteur avec dignité tout en posant sa lettre sur la table. Vous prendrez bien un cognac? Il est excellent. Il vient directement de France en contrebande... Le seul qui pourrait faire des ennuis, c'est le juge. Et le juge, c'est moi!

Sir Henry versa une généreuse rasade de liqueur dans les verres.

– Eh bien, Hansford, que puis-je pour vous? La maisonnée est en effervescence aujourd'hui. Tenez-vous éloigné des femmes, mon garçon, c'est un conseil d'ami!

Jerome toussota et confia en manière d'excuse :

– Mon intention est tout autre, monsieur, j'en ai bien peur. Je suis venu vous demander la main de l'une des jeunes demoiselles.

Sir Henry écarquilla des yeux abasourdi.

– Pourquoi voulez-vous vous marier? Le mariage est une invention diabolique. N'en faites rien! De qui voulez-vous parler? Lydia est déjà promise.

– Je désire épouser Isabella si vous me donnez votre consentement.

– Oh, mon Dieu! grogna sir Henry.

– Je suis en mesure de la faire vivre, monsieur.

– Je n'en doute pas! marmonna son hôte. Mais ma femme a pris Isabella en grippe; voilà l'ennui...

– Dans ce cas, Lady Hursley sera ravie de se décharger de cette lourde responsabilité, fit Jerome froidement.

– S'il n'y avait que cela!

– Je vois, fit Jerome, avant de se lever. Si Lady Hursley s'est méprise sur mes visites, j'en suis navré, monsieur. J'admire vos filles, certes, mais je ne pense pas avoir laissé sous-entendre quoi que ce soit à aucune d'entre elles.

– Inutile de m'expliquer, mon garçon; je comprends. Les femmes, toutefois, sont romanesques et se bercent d'illusions. On ne peut blâmer mon épouse de songer d'abord à ses filles; elle est ainsi faite. D'ailleurs, elle ne s'est jamais préoccupée de Frederick. C'était son frère, ajouta Sir Henry.

– Je sais. Isabella m'a parlé de son père.

– Est-ce vrai? Je me demande ce qu'elle sait de lui au juste?

– Elle en sait beaucoup, je crois, répondit Jerome prudemment.

– Oh, mon Dieu, murmura Sir Henry. Enfin... on n'y peut rien. La vérité finit toujours par faire surface. Souhaitons seulement que Maria ne l'apprenne jamais; elle ne me le pardonnerait pas. J'aimais bien Frederick; il savait profiter de la vie. L'alcool l'a achevé; quand un homme s'adonne à la boisson, les conséquences sont terribles, soupira-t-il en se versant un autre cognac.

Jerome, cependant, ne tenait pas à s'écarter de son sujet.

– Je n'exige ni dot ni grand mariage, monsieur. Je me ferai un plaisir de pourvoir aux dépenses.

– Je suis capable de marier ma nièce sans avoir à demander une aide, déclara Sir Henry, piqué au vif.

– Bien sûr, monsieur. Mais je songeais à Lady Hursley...

– Sonnez, voulez-vous, mon garçon? l'interrompit son hôte sans plus de façons. J'ai de la difficulté à me lever... à cause de mon poids, vous savez...

Jerome obtempéra sans plus attendre tout en se demandant si on n'allait pas tout simplement l'éconduire.

– Perkins! tonna le vieillard à l'adresse du maître d'hôtel qui arrivait. Va chercher Miss Isabella et prends garde à ne pas te faire remarquer.

A la suite de la scène humiliante avec sa tante et ses cousines, au cours de laquelle elle avait été injustement calomniée, Isabelle était montée dans sa chambre et s'était enfermée à double tour. Sa décision était prise : elle ne resterait pas un instant de plus dans cette horrible maison.

– Je m'en vais, marmonna-t-elle tout en prenant l'un de ses sacs de voyage derrière l'armoire. Si je ne trouve pas de poste de gouvernante, je serai... je serai femme de chambre... non, je serais à la merci de quelque autre mégère... je laverai la vaisselle, je ferai des travaux de couture, je m'en moque.

La jeune fille entreprit de sortir ses effets de la commode. Soudain, elle s'arrêta. La plupart de ces vêtements lui avaient été offerts par sa tante et ses cousines; elle ne les emporterait pas.

– Je quitterai cette demeure comme j'y suis entrée! décida-t-elle à voix haute.

Elle garderait seulement la robe bleue, les deux chapeaux de paille garnis de rubans de velours et les gants crème avec les souliers assortis, cadeaux de Lady Turner.

Isabella retira sa robe, l'accrocha dans l'armoire; elle enfila ensuite sa tenue grise de deuil qu'elle portait lors de son arrivée. Pour remplacer son hideuse capote que sa tante s'était empressée de brûler, elle mit un vieux chapeau de paille, et, satisfaite, se contempla dans la grande glace.

– Ah, je redeviens Isabella Burnham.

Au même moment, on frappa à sa porte.

– Je prie Mademoiselle de m'excuser mais Monsieur son oncle désire lui parler.

– Tout de suite, Perkins?

– Oui, Mademoiselle. Je conseille à Mademoiselle de descendre dès maintenant.

Perkins aimait bien Isabella car il endurait lui-même depuis vingt ans la méchanceté de Lady Hursley.

Sur ce, la jeune fille ouvrit la porte. Le maître d'hôtel demeura bouche bée.

– Mais... que porte Mademoiselle?

– Mes vêtements! répondit Isabella d'un air de défi. Mes *propres* vêtements!

– Mademoiselle ne ferait-elle pas mieux...

– Non! Je m'en vais, Perkins!

– Mademoiselle a tout intérêt à voir d'abord Sir Henry.

Isabella redressa son chapeau, se drapa dans son châle et pénétra dignement dans le bureau.

– Oh! chuchota-t-elle, effarée, manquant du coup sa belle entrée.

– Pour l'amour du ciel, Isabella! Que diable portez-vous? s'enquit Jerome.

– Y a-t-il eu un décès? demanda sir Henry.

– Non, mon oncle; je porte mes propres habits, répondit-elle avant d'ajouter à l'intention de Jerome : cette toilette est hideuse, je le sais, mais c'est ainsi que j'étais vêtue quand je suis arrivée dans cette maison et ainsi je le serai pour en partir.

– Allons, allons, ma petite rouquine! fit Sir Henry en se soulevant avec peine de son fauteuil. Ce ne sera pas nécessaire. M. Hansford est ici pour demander ta main.

– Je ne puis épouser M. Hansford, mon oncle.

Puis se tournant vers son prétendant :

– Voici la véritable Isabella Burnham, Jerome. Quelconque, pauvre et ignorante. Vous ne pouvez vouloir de moi pour épouse!

– Isabella, s'écria le gentilhomme, si vous tentez de sortir ainsi attifée, je vous entraîne de force jusqu'à votre chambre et vous y enferme à double tour... avec votre permission, Sir Henry!

– Accordée! acquiesça le vieillard. Je devine la raison de ton comportement mais je tiens à te rassurer. Je viens de parler avec ta tante et cette affaire est close. Mon épouse est une excellente femme, expliqua-t-il à Jerome; mais elle a les nerfs fragiles. Ses paroles dépassent souvent sa pensée. Voyons Isabella, que vais-je faire de ce pauvre Hansford? C'est à toi de prendre la décision. Dois-je lancer les chiens à ses trousses? Ou bien prier quelques valets d'écurie de le jeter dehors? Ainsi, il ne t'ennuiera plus!

– Vous ne ferez rien de la sorte! s'écria l'orpheline en se précipitant devant Jerome pour tenter de le protéger.

– Ah! s'exclama son oncle, satisfait. Et si tu l'épousais tout simplement?

– Je crois être en mesure de répondre à sa place, monsieur, intervint Jerome. Elle veut m'épouser mais, pardonnez-moi cette hardiesse, elle a peur de Lady Hursley.

– Peur de ma femme? fit Sir Henry. C'est une personne

effrayante, en effet! Je l'ai souvent imaginée en compagnie du général Wellington en train de faire la guerre aux Français. A eux deux, ils auraient tôt fait de régler le sort de Bonaparte!

Jerome serra les épaules d'Isabella et chuchota :

– Tout va bien! Dites quelque chose!

– Je... je... oui. Je le veux, mon oncle, déclara la jeune fille.

– Mais quoi donc?

– Épouser Jerome – monsieur Hansford – mon oncle.

– Bravo! C'est d'accord! Ne te fais pas de souci pour ta tante; je sais comment m'y prendre avec elle. Si, si, je vous assure! ajouta-t-il, une lueur narquoise dans le regard, voyant que ses interlocuteurs avaient paru douter de son affirmation.

– Afin d'éviter tout désagrément, suggéra Jerome, Isabella pourrait habiter chez Mme Stevenson et se marier chez elle.

– Comment? s'exclama le vieillard. Ma nièce vient de vivre plus de dix-huit mois sous mon toit et elle se mariera ici! Je ne tiens pas à susciter des ragots dans le pays!

– Oh, mon oncle! s'écria Isabella en courant vers Sir Henry et en se jetant à son cou. Vous êtes merveilleux! ajouta-t-elle en posant sur sa joue un baiser sonore.

– C'est lui que tu devrais embrasser, grommela-t-il en pointant Jerome du doigt.

– Je partage votre avis, acquiesça ce dernier en prenant Isabella dans ses bras. Avec votre permission bien sûr.

– Accordée! répondit le vieillard.

Il prit son verre d'une main, la lettre de l'horticulteur de l'autre et se plongea dans sa lecture tout en sirotant son cognac.

– Quel bonheur d'être jeune! murmura-t-il.

14

– *Non,* elle ne se mariera pas dans cette maison, Henry! déclara Lady Hursley. Je serais la risée de tout le pays! Songez au moins à Augusta! Voulez-vous donc la couvrir de ridicule?

Sir Henry aimait beaucoup ses filles. Cependant, même s'il était sensible aux paroles de sa femme, il refusait de céder.

– La cérémonie aura lieu ici, je l'ai promis à Hansford!

Comme Sir Henry semblait résolu à ne pas changer d'avis, sa femme chercha un compromis.

– Fort bien, Henry, Isabella se mariera, mais dans notre résidence de Londres. Ainsi vous ne manquerez pas à votre parole et cette petite vaurienne sera flattée; et surtout, nous n'aurons pas à affronter tous ces gens qui s'attendaient à voir Augusta – et non Isabella – conduite par Hansford au pied de l'autel. Je vous propose même de présenter votre nièce dès notre arrivée dans la capitale, renchérit-elle comme son mari hésitait.

– Par tous les diables, Maria, est-ce vraiment nécessaire? Quand je songe à tout ce monde dans la maison...

– C'est essentiel! Après tout, personne là-bas ne la connaît. Je promets d'inviter le tout-Londres; ainsi on ne pourra nous taxer de mesquinerie envers elle!

– Entendu, Maria, concéda-t-il. Vous avez sans doute raison. Je ne voudrais pas mettre Augusta dans une situation humiliante. Mais tout cela est de votre faute. C'est vous qui avez fait courir des rumeurs, je tiens à vous le faire remarquer. Pour ma part, je n'ai jamais cru Hansford amoureux d'elle.

– Qu'en savez-vous? jeta Lady Hursley avec amertume. Jamais je ne pardonnerai à Isabella, jamais! Mais n'ayez crainte, les apparences seront sauves; ce sera le mariage de la saison.

Sir Henry tapota affectueusement l'épaule de sa femme.

– Allons, Maria, ne vous désolez pas ainsi! Augusta trouvera bien un mari! Elle est très jolie! Cependant, il lui faudra un homme de caractère!

– Vous ne saurez jamais les angoisses que j'ai vécues dernièrement, Henry! renifla la dame en se tamponnant le nez avec un minuscule mouchoir. L'inquiétude, les nuits blanches...

– Allons, allons, ma chère, remettez-vous! Tout est bien qui finit bien!

Sa femme poussa un soupir de résignation avant de quitter la pièce.

Néanmoins, Lady Hursley avait donné sa parole. Elle se lança donc avec détermination dans les préparatifs de la noce. La maison de Londres fut rouverte et la famille y emménagea. Isabella, n'avait pas voix au chapitre; elle n'eut même pas le droit de choisir sa tenue de mariée.

– Tu ne connais pas les usages, expliqua sa tante. A la campagne, on peut parfois se permettre certaines excentricités mais à Londres, il faut se plier à l'étiquette. N'aimes-tu pas ta robe?

Isabella observa d'un air morne la création de soie ivoire posée sur son lit. Elle était superbe, du dernier cri, mais ne lui plaisait pas.

– Eh bien? Réponds!

– Elle est très belle, mais...

– Dans ce cas, cesse de rechigner, Isabella! Jamais je n'ai connu de personne aussi pénible que toi! Tu vois bien tout le mal que nous nous donnons. Essaie de te montrer un peu plus coopérative! Ce soir, pour la réception, tu porteras la robe de satin jaune pâle. Qu'y a-t-il encore?

– Rien, ma tante, murmura sa nièce en tentant de s'imaginer en jaune. Je ressemblerai à un tournesol, marmonna-t-elle. Grande, mince, jaune, avec une tête rouge.

– Cesse de maugréer, Isabella. Il faut de débarrasser de cette mauvaise habitude... parmi tant d'autres. Tu porteras la robe de satin jaune, disais-je, et ma femme de chambre te coiffera. A la réception, tu te tiendras à mes côtés en haut de l'escalier.

Un peu plus tard, le même après-midi, Isabella, révoltée, disait à son fiancé :

– Savez-vous, Jerome, c'est encore pire que lorsqu'elle prenait ouvertement parti contre moi!

Jerome éclata de rire et entoura d'un bras les épaules de la jeune fille.

– Encore une semaine ou deux et vous en serez à jamais débarrassée!

– Si vous saviez combien j'ai hâte! soupira-t-elle.

– De m'épouser ou de fuir Lady Hursley?

– De vous épouser, voyons! répondit Isabella en se blottissant contre lui.

Ce soir-là, les cheveux ramassés en un chignon trop serré, un sourire forcé aux lèvres, Isabella accueillait les invités aux côtés de sa tante. Elle avait mal au dos, aux pieds et une migraine lancinante lui martelait les tempes. Pour couronner le tout, elle sentait des gouttelettes de sueur commencer à perler sur son front car il régnait une chaleur étouffante.

– Isabella! souffla Lady Hursley. Tiens-toi droite!

Sa nièce se redressa vivement.

– Miss Burnham! fit une voix familière.

– Robert! s'écria-t-elle.

Robert Walker s'inclina. Au même moment surgit Augusta, sûre d'elle comme toujours.

– Encore un *autre* admirateur, Isabella, roucoula-t-elle.

Robert détailla Augusta de la tête aux pieds en connaisseur.

– Je te présente M. Robert Walker, fit Isabella, mal à l'aise. Ma cousine, Miss Augusta Hursley. L'oncle de Robert est un vieil ami de Lady Turner.

– Je me suis permis de venir ce soir, Isabella, car j'ai appris votre présence à Londres. Je tenais à vous présenter mes meilleurs vœux pour votre mariage. Où se trouve l'heureux fiancé?

– Dans la pièce voisine, monsieur, intervint Augusta avec un sourire charmeur. Permettez-moi de vous y conduire.

– Avec plaisir, Miss, fit-il en lui offrant son bras.

Sur ce, ils disparurent tous deux parmi la foule.

L'arrivée inopinée de Robert provoqua chez Isabella une sensation de malaise; toutefois, elle n'eut pas le loisir de s'y arrêter plus longuement car elle passa les deux jours suivants chez la couturière pour les dernières retouches à sa robe de soie ivoire.

– Quel dommage que mademoiselle soit si menue! soupira Mme Baraud en regardant d'un air découragé la poitrine plate de la petite fiancée. En rembourrant le corsage, peut-être...

– Non! trancha Isabella.

– Madame Baraud est meilleur juge en la matière, lui reprocha sa tante.

– Non! s'entêta Isabella.

– Un double volant! suggéra la couturière. Pour cacher le... ah... le petit défaut!

– J'aurais l'air d'une danseuse de l'opéra! lança délibérément Isabella, exaspérée.

– Mademoiselle! se rebiffa Mme Baraud. Jamais je n'ai créé de toilette pour une *danseuse de l'opéra!* De plus, Mademoiselle est trop grande, on ne pourrait la confondre avec une danseuse!

– Disons un cheval de cirque, alors! rétorqua la jeune fille. Point de volants, je vous remercie!

Lady Hursley, penchée sur la liste des invités, poussa un soupir impatienté et fit signe à la couturière de ne pas insister.

Les repas étaient particulièrement pénibles car tous les membres de la famille en profitaient pour laisser libre cours à leurs griefs. Sir Henry s'ennuyait de son cher jardin et il était d'assez mauvaise humeur. Quant à Lady Hursley, nerveuse, épuisée, elle n'était pas d'abord facile. Deux personnes seulement conservaient leur calme : Isabella écoutait avec détachement les perpétuelles disputes entre Lydia, Theresa et leurs parents. Et Augusta étonnamment posée soudain. Cette dernière alla même jusqu'à demander avec sollicitude à sa cousine si elle ne trouvait pas ces préparatifs exténuants.

– Je t'admire d'arriver à supporter ce branle-bas. Si je puis t'être de quelque secours, fais-le-moi savoir.

Ou bien :

– Comme je suis heureuse! Il fera un temps superbe pour ton mariage, Isabella. Ce sera l'événement de l'année!

Un tel revirement laissait Isabella perplexe. Sa cousine ne pouvait avoir changé à ce point! Sans doute était-elle en train de manigancer quelque méchanceté.

Elle n'eut pas le loisir toutefois de s'attarder sur ce mystère. A sa grande surprise, les amis des Hursley se montraient extrêmement gentils envers elle et les invitations affluaient. Plusieurs personnes la félicitèrent même d'avoir réussi à séduire l'un des plus beaux partis de Londres, considéré jusque-là comme un célibataire endurci. Isabella ne savait comment réagir à ces remarques; devait-elle en être embarrassée ou amusée? En réalité, toute à son bonheur, elle ne s'en préoccupait guère.

La jeune fille n'était pas la seule à avoir remarqué la métamorphose d'Augusta. Jerome s'était mis lui aussi à observer cette dernière d'un œil inquiet. Il ne sous-estimait pas son mauvais caractère; aussi était-il bien déterminé à parer toute tentative visant à nuire à ses projets de mariage. Un soir, comme Augusta traversait le vestibule pour se rendre à la salle de bal, elle se retrouva face à Hansford qui lui barrait le passage. Déconcertée, elle tenta de le contourner mais en vain.

– Miss Augusta, fit-il en s'inclinant légèrement. Nous n'avons pas encore eu le loisir de nous parler de toute la soirée tant il y a de monde!

– Ce n'est pas ma faute, monsieur, répliqua-t-elle avec un sourire espiègle. Vous êtes si absorbé par votre future épouse que vous ne me voyez plus.

– Venez, Augusta, dit-il en la prenant fermement par le bras et en l'entraînant vers un fauteuil. J'ai quelques mots à vous chuchoter à l'oreille.

Augusta tenta de se libérer; voyant qu'elle ne réussirait pas, elle fit la moue et suivit Jerome.

– Les gens jaseront, monsieur, s'ils vous voient en ma compagnie!

– Point du tout, rétorqua-t-il froidement. Ne serons-nous pas bientôt apparentés?

– Vous semblez très sûr de vous, monsieur!

– Vous aussi, Miss! Dites-moi, *ma chère cousine,* que mijote votre charmante petite tête sans scrupule?

– Moi, monsieur? s'exclama-t-elle en écarquillant les yeux.

– Vous-même, Miss.

La jeune fille ne répondit pas immédiatement.

– Je n'ai pas eu le temps d'accorder la moindre pensée ni à vous ni à votre fiancée! déclara-t-elle enfin.

– Augusta, déclara Jerome avec sincérité, permettez-moi de vous donner quelques conseils que vous avez intérêt à suivre. Vous ne réussirez pas à faire obstacle à mon mariage à moins de me tirer un coup de pistolet à bout portant. Vous risquez toutefois de vous compromettre dans un scandale stupide et inutile. Chez vous, dans le Surrey, vous êtes Miss Augusta Hursley et libre d'agir à votre guise. Ici, aussi belle et charmante que vous soyez, vous n'êtes qu'une parmi tant d'autres, et les hôtesses londoniennes auront tôt fait de vous rayer de leurs listes si vous donnez libre cours à votre irascibilité.

– Vous êtes trop bon, monsieur! jeta Augusta, furibonde. Votre sollicitude me touche!

– Pour l'amour du ciel, Augusta! rétorqua le gentilhomme, irrité. Je vous parle en tant qu'ami! Vous êtes belle, issue d'une bonne famille et vous avez reçu une excellente éducation. Pourquoi tout gâcher en refusant obstinément de maîtriser vos caprices? J'ignore ce que vous manigancez mais vous préparez quelque mauvais coup, je le sens. Je vous conseille de réfléchir. Puis-je vous raccompagner à la salle de bal? proposa-t-il en quittant son siège et en lui offrant son bras.

– Bien sûr, *mon cousin,* répondit-elle en se levant à son tour. Vous êtes faits l'un pour l'autre, Isabella et vous. Je n'ai pas de mal à imaginer votre future maison, envahie de petits enfants aux cheveux roux...

– Vous avez des manières et un langage inqualifiables! jeta Jerome d'un ton cassant. Agissez à votre guise, ruinez votre avenir mais je ne vous permettrai pas d'importuner Isabella.

Le lendemain, Jerome avait prévu d'emmener Isabella

en promenade en voiture. La jeune fille était fin prête quand elle se rappela avoir oublié son réticule au petit salon et se hâta d'aller le chercher.

Croyant ne trouver personne dans la pièce, elle y entra sans frapper. Augusta, cependant, y était. Assise près de la fenêtre, elle lisait une lettre. En apercevant sa cousine, elle sursauta et jeta vivement sa missive dans le tiroir du secrétaire avant de fixer sa cousine d'un air de défi.

– Je suis navrée, s'excusa Isabella. Je suis venue prendre mon sac. Ah, le voilà! ajouta-t-elle en le prenant sur la table.

– C'est une journée superbe pour une promenade, fit remarquer nonchalamment Augusta. Prends garde au soleil, recommanda-t-elle avec une sollicitude inhabituelle. Il ne faudrait pas que tu aies le nez plein de cloques pour ton mariage! Je te prête mon parasol bleu si tu en as envie.

– Je te remercie, j'ai le mien, répondit Isabella avec circonspection. Augusta... commença-t-elle en lui jetant un coup d'œil curieux.

– Oui?

– Oh, rien. Seulement, je te trouve d'humeur si charmante...

– Pourquoi ne le serais-je pas? s'enquit son interlocutrice, vexée.

Au même moment, on sonna à la porte.

– Voilà ton chevalier servant! poursuivit Augusta, visiblement amusée. Presse-toi! Il a horreur d'attendre, je le jurerais! Oh, j'oubliais, fit-elle comme Isabella sortait du petit salon. Quand dois-tu aller chez Mme Baraud pour ton essayage?

– Demain.

– Mère t'accompagne-t-elle?

– Je le crois, répondit Isabella tout en songeant que sa tante ne lui ferait malheureusement pas le plaisir de la laisser aller seule.

– Je vois. C'est tout ce que je voulais savoir, déclara sa cousine avec désinvolture.

Isabella, perplexe, la vit s'éloigner d'un pas décidé.

Le jour suivant, chez la couturière, la couture d'une emmanchure céda lors d'un essayage. Mme Baraud se répandit en imprécations mais finit par renvoyer encore une fois le vêtement à l'atelier. A la suite de ce contretemps, Lady Hursley, contrariée comme il fallait s'y attendre, eut une faiblesse et ne put donc accompagner Isabella chez la modiste où elles avaient rendez-vous. La jeune fille s'apprêtait à partir quand sa tante la fit mander pour lui donner ses dernières instructions.

– Je ne puis me fier à toi, déclara la malade, adossée à ses oreillers. Ton chapeau de voyage de noces doit être garni selon mes directives; tu le diras à Mme Spinelli. Je ne veux pas qu'elle se plie à tes goûts fantasques. M'as-tu bien comprise?

– Oui, ma tante.

Cette conversation avait quelque peu retardé Isabella; elle aurait dû normalement s'en aller plus tôt. Elle descendait l'escalier à la hâte quand elle aperçut un visiteur dans le hall. C'était M. Walker.

– Robert! s'exclama-t-elle. Comme vous êtes gentil d'être venu me rendre visite!

– Oh, Isabella! répondit-il, embarrassé. J'ignorais que... Enfin... je passais et j'ai cru bon de m'arrêter.

– Resterez-vous à Londres encore un certain temps?

– Je le crois. Vous êtes superbe, Isabella. Hansford se porte bien, j'espère? Vous le saluerez de ma part.

– Avec plaisir. Entrez donc au salon!

Confus, Robert bégaya :

– Eh bien, en réalité, je...

Son explication fut interrompue par l'arrivée d'un valet de pied.

– Miss Augusta Hursley attend monsieur, annonça-t-il. Si Monsieur veut bien me suivre...

15

– Oui, oui, merci, marmonna Robert, la mine coupable.

Isabella rougit violemment; elle venait de découvrir la vérité. Robert n'était pas venu rendre visite à Miss Burnham, mais à Augusta et ce n'était sans doute pas la première fois. Il avait probablement l'habitude de profiter de l'absence d'Isabella et de sa tante pour se présenter mais ce jour-là, ses plans avaient été contrecarrés.

– Je ne veux pas vous retenir, poursuivit-il gauchement. Vous sortiez.

– Oui... je suis ravie de vous avoir vu, Robert, se hâta-t-elle de répondre. Je vous prie de m'excuser, je suis en retard.

A la suite de ce rebondissement imprévu, Isabella avait du mal à penser à autre chose. Abîmée dans ses réflexions, elle oublia complètement les instructions de Lady Hursley et donna à la modiste des ordres incohérents. Mme Spinelli se demanda si Miss Burnham n'était pas un peu excentrique mais se plia à ses volontés.

– Vous semblez songeuse, Isabella, fit Jerome le lendemain comme ils roulaient dans Hyde Park.

– Je suis fatiguée, voilà tout.

– Je ne vous crois pas. Que s'est-il passé? Lady Hursley vous crée-t-elle des ennuis? A moins que ce ne soit Augusta?

Isabella hésita l'espace d'un instant puis déclara d'un ton apparemment désinvolte :

– Robert Walker est passé à la maison hier; mais ce n'était pas pour me voir.

– Ah? fit Jerome en haussant les sourcils.

– Il est venu rendre visite à Augusta.

– Lady Hursley est-elle au courant? s'enquit-il en ramenant le cheval au pas.

– Je ne crois pas. Ma tante est plongée dans les préparatifs du mariage et ne songe à rien d'autre. Que devrais-je faire?

– Rien du tout! Isabella, ma chérie, votre ravissante cousine est fort capable de se tirer d'affaire toute seule.

– Mais Robert?

Jerome serra les rênes et le cabriolet s'immobilisa sous un marronnier.

– Robert n'est pas un idiot, déclara-t-il en prenant la main de sa fiancée dans la sienne. Il devra cependant être particulièrement prudent avec Augusta car cette jeune demoiselle est redoutable et aura une belle dot.

– Tandis qu'avec moi, il n'avait pas à l'être puisque je suis une personne de peu d'importance!

– Isabella! gronda-t-il.

– J'ai beaucoup de chance, Jerome. Parfois, j'ai l'impression que mon bonheur est trop beau pour être vrai. Si vous saviez combien j'ai rêvé de vous entendre me déclarer votre amour! Pourquoi m'avoir choisie quand vous auriez pu trouver tant d'autres femmes, toutes plus belles, plus intelligentes et plus riches que moi?

– Et toutes semblables! Isabella, mon amour, vous êtes incomparable.

Sur ce, il se pencha et posa un baiser sur sa joue, sous les regards scandalisés de deux vieilles dames qui passaient par là.

– Il ne faut pas! chuchota Isabella. On nous regarde!

– Qu'elles se mêlent de leurs affaires!

Jerome se tourna vers les dames et inclina courtoisement la tête. La première lui jeta un coup d'œil glacial et la seconde, effarée, fit la révérence.

– Isabella, continua-t-il, avant de faire votre connaissance, j'étais amer, désillusionné. Je n'arrivais pas à me fixer. J'ai voyagé en Angleterre et à l'étranger, m'exposant volontairement aux dangers pour tenter de rompre la monotonie et la futilité de mon existence. Quand je suis rentré du Brésil, j'étais désœuvré. Je croyais ne plus jamais être capable d'aimer et d'être aimé. Vous avez donné un but à ma vie!

Isabella demeura silencieuse pendant un moment. Puis :

– Je n'aime pas me mêler des affaires d'autrui, mais dans ce cas-ci, c'est plus fort que moi. Robert et Augusta se voient en cachette et cela me gêne. S'ils ne font rien de mal, pourquoi Robert ne vient-il pas ouvertement rendre visite à ma cousine?

– Parce qu'ils ont tous les deux l'esprit si tortueux qu'ils sont incapables d'agir avec droiture. Oubliez-les. Ils sont assez grands pour prendre leurs propres décisions. Cessez de vous tracasser à leur sujet.

Malgré ce discours, Jerome était inquiet. Quand il arriva chez lui, il envoya aussitôt un mot à M. Walker pour le prier de lui accorder un entretien. Le soir-même, ce dernier lui répondait par l'affirmative.

– Vous êtes très aimable de me recevoir, fit Jerome en posant son chapeau et sa canne sur le seul siège inoccupé de ce salon en désordre.

Robert s'empressa d'ôter une pile de lettres et de factures amoncelées sur un fauteuil.

– Asseyez-vous, dit-il d'un ton renfrogné. Je sais ce qui vous amène.

– Vraiment? s'enquit Jerome. Je préfère rester debout, je vous remercie.

– A votre guise. Isabella vous a sans doute répété que j'ai rendu visite à Augusta.

– En effet. Vous y allez fréquemment, si je ne m'abuse. Sa mère est-elle au courant?

– Cela ne vous regarde pas! Vous n'avez pas à vous mêler de mes affaires!

– Vous vous êtes pourtant mêlé des miennes il n'y a pas si longtemps!

– C'était pour le bien d'Isabella! déclara Robert en pâlissant. Comment pouvais-je deviner que vous ne vous proposiez pas de la traiter comme vous aviez traité cette pauvre Kate Neill?

Robert n'avait pas aussitôt prononcé ces paroles que déjà Jerome avait traversé la pièce, saisi les revers de sa veste et l'avait repoussé contre le mur avec une telle force qu'il en perdit le souffle.

– Je n'ai pas de temps à perdre avec vous mais si vous m'en fournissez la moindre occasion, je vais vous donner la plus belle correction de votre vie! le prévint Jerome.

– Vous pouvez toujours essayer! haleta Robert en regagnant à la fois son souffle et sa présence d'esprit. Vous aurez du mal!

– J'en doute! A courir les jupons et les établissements de jeu, on s'amollit! rétorqua Jerome avec mépris.

Sur ce, il relâcha sa victime. Robert mit de l'ordre dans sa tenue et lança :

– A votre place, je n'en serais pas si sûr, Hansford! Vous êtes désavantagé au départ car vous vous conformez toujours à la règle; moi, en revanche, je n'ai aucun scrupule à recourir à la ruse!

– J'en sais quelque chose! riposta Jerome. Mais cette fois-ci, vous avez perdu. Lorsque vous avez incité votre oncle à écrire à Lady Turner, vous saviez fort bien que je désirais épouser Isabella. Quant à cette pauvre Kate Neill, ni vous ni moi ne nous sommes bien comportés à son égard. Quoi qu'il en soit, j'avais l'intention de tout dévoiler à Isabella.

– Tiens donc! fit Robert avec insolence.

Il leva vivement la main pour se protéger le visage en apercevant la mine menaçante de son visiteur avant de poursuivre d'un ton plus conciliant :

– Vous n'allez tout de même pas me blâmer d'être tombé amoureux d'Isabella! J'ai tenté de vous damer le pion, je l'admets, mais comme je n'ai pas réussi, vous pourriez vous montrer un peu plus conciliant!

– Je serais peut-être mieux disposé envers vous si vous me dévoiliez la raison de vos visites à Augusta.

– C'est pourtant évident! Vous êtes riche, Hansford; mais moi je dépends des lubies d'un vieillard obstiné qui me dicte encore la conduite que je dois suivre. Je ne puis me permettre de dédaigner vingt mille livres et la magnifique jeune femme qui me les apportera en dot.

– Grands dieux! s'exclama Jerome. Vous comptez épouser Augusta Hursley?

– Et alors? Ce n'est pas votre affaire, je vous le répète. A présent qu'on a découvert le pot aux roses, je n'ai plus le choix; je vais aller trouver Sir Henry pour lui demander sa bénédiction.

– Et le général?

– Mon oncle? Il ne cesse de me vanter les vertus du mariage; selon lui, cela m'assagirait. Il aurait aimé me voir épouser Isabella et je me serais empressé de lui faire ce plaisir! Cependant, il ne sera pas mécontent de s'allier aux Hursley et s'il est un peu sénile, il sait encore apprécier un joli minois.

Jerome donna par la suite à Isabella un compte rendu détaillé de sa rencontre avec Robert.

– En fait, termina-t-il, Walker et Augusta sont très bien

assortis. Ils sont aussi intéressés l'un que l'autre! Je leur souhaite beaucoup de bonheur à tous deux!

Quant à Lady Hursley, elle fut transportée de joie en apprenant cette nouvelle.

– Heureusement qu'il me reste une seule fille à marier! grommela son mari. Sinon je finirais dans la misère!

– Ne prêtez pas attention aux propos de votre père, mes chéries, fit Lady Hursley à ses filles. Vous aurez les plus beaux mariages que l'on aura vus à Londres depuis longtemps.

Après le départ de Sir Henry, elle ajouta :

– Naturellement, Isabella, cela risque de modifier nos plans pour ton mariage.

– Oh, je comprends, ma tante, répondit vivement l'orpheline. Avec tous ces frais qui vont s'ajouter bientôt, il vous sera impossible de dépenser une fortune pour ma réception.

– C'est exact, ma chère enfant, approuva Lady Hursley presque gentiment. Vu les circonstances, une cérémonie dans l'intimité, un lunch tout simple...

– C'est exactement ce que nous voulions, Jerome et moi.

– Tant mieux! Dans ce cas, c'est réglé.

– D'après William, fit alors Lydia à Isabella, Hansford possède une magnifique propriété à la campagne. Tu seras bientôt la maîtresse d'une grande maison; n'es-tu pas effrayée?

– Isabella se débrouillera très bien! s'exclama Theresa avec enthousiasme. Elle sera très riche de toute façon!

– J'espère me débrouiller en dépit de ma fortune!

– Isabella! Tu n'as pas changé! Tu déraisonnes toujours autant! s'écria Lady Hursley, désespérée. Tu dois essayer de te contrôler, de ne plus tenir ces propos déplacés! Quant tu seras mariée, tu devras veiller à être respectée et admirée par tes domestiques. Que le ciel te vienne en aide!

Je doute de tes qualités de maîtresse de maison! Enfin... ce n'est plus mon problème mais celui d'Hansford.

Et sur ces paroles réconfortantes, Lady Hursley se leva dignement.

En dépit de la mine assurée qu'elle arborait devant la famille, Isabella était paniquée à l'approche du grand jour. La veille de la cérémonie, seule dans sa chambre, elle faisait ses valises. Demain je serai désormais Mme Hansford, songeait-elle avec bonheur. Et comme l'avait remarqué Lydia, elle deviendrait aussi la maîtresse d'une grande maison. La jeune fille se rappela les paroles de sa tante et l'espace d'un instant, elle douta de ses capacités. Cette inquiétude, toutefois, fut de courte durée.

« Être libre enfin de vivre chez moi avec l'homme que j'aime et qui m'aime... » pensa-t-elle. « Pourquoi craindrais-je d'aller habiter dans ma propre demeure avec mon mari? N'était-ce pas plus pénible de m'installer chez mon oncle et ma tante, alors que je n'étais à leurs yeux qu'une étrangère et une parente pauvre? »

Parmi son linge, Isabella trouva un bout de ruban violet soigneusement plié; il avait orné quelques mois auparavant une boîte de chocolats, cadeau de Presles. Isabella allait le ranger dans sa valise mais y renonça. Elle préférait ne conserver aucun souvenir – aussi doux fût-il – lui rappelant sa triste existence chez les Hursley. Seuls comptaient pour elle désormais Jerome et l'avenir. Se rendant à la cheminée, elle jeta le ruban dans les flammes.

– Es-tu prête, ma petite rouquine? chuchota Sir Henry au moment de pénétrer dans l'église.

Isabella respira profondément.

– Oui, mon oncle.

– Eh bien, allons-y. Il ne faut pas faire attendre ce pauvre célébrant!

Sir Henry offrit son bras à sa nièce et ils franchirent tous deux le portail. Isabella aperçut alors Jerome, debout près de l'autel; à ses côtés se tenait William Francis. Un vieillard en surplis sourit aux arrivants et leur fit signe d'avancer.

En compagnie de son oncle, la jeune fiancée s'engagea dans l'allée, passa près de Lady Hursley, serrée dans sa robe neuve de soie mauve, puis de Theresa, plongée dans son missel.

– La voici, mon garçon! tonitrua Sir Henry.

Le prêtre se racla la gorge en guise de reproche et Jerome se tourna vers Isabella. Leurs regards se croisèrent. Oui, ils s'aimaient, oui, ils avaient confiance l'un dans l'autre; l'avenir leur appartenait.

– Êtes-vous prêts? murmura le prêtre.

– Oui, répondirent à l'unisson Jerome et Isabella.

NE MANQUEZ PAS, LE MOIS PROCHAIN, DANS SÉRIE ROYALE

Du fond des ténèbres, Leonora Blythe

Dans un accident de diligence, Félicia perd connaissance. Elle est secourue par Lord Umber, ravi d'aider une aussi jeune et jolie jeune femme. Hélas, Félicia a perdu la mémoire. Son passé, ses souvenirs se sont évanouis. Qui est-elle? Perdue, désorientée, elle n'est pas pour autant prête à se laisser séduire par son sauveur, si charmant soit-il...

Le vaisseau de la liberté, Robyn Stuart

En route pour les Caraïbes, Corinna Barrett tombe entre les mains de redoutables pirates. Quelle n'est pas son humiliation lorsqu'elle est vendue aux enchères comme une vulgaire esclave! Mais le désespoir de la jeune fille est sans bornes quand elle s'aperçoit qu'elle est tombée follement amoureuse du capitaine des flibustiers qui l'a achetée...

Vos manuscrits

« Je connais l'ensemble des collections Harlequin depuis leur 1re numéro. Chacune a son charme. Si je suis nostalgique : je lis Série Royale. Optimiste... un rien ambitieuse : je me plonge dans Harlequin ou dans les Clubs.

« J'adore rêver et je me glisse volontiers dans la peau, combien enviable, des héroïnes de Charlotte Lamb, Anne Mather, Liliane Peake (au fait, le dernier roman de cet auteur « Celui qui a menti », m'a passionnée... d'autant plus qu'Antonia est une sagittaire comme moi).

« Que dire de la Série Blanche? J'ai là aussi mes auteurs préférés et rien ne vaut la tendresse, l'humour, le courage paisible, la gaieté des personnages de Betty Neels, dont je possède tous les romans!

« Pour finir, un mot sur votre dernière née la Collection Prestige. Elle m'a séduite au premier livre de Violet Winspear. Et ce sont de jolis livres à exposer sur une étagère.

« Je ne pourrai pas exprimer tout le plaisir que me procure cette lecture. Il est certain que pour elle, j'ai abandonné pas mal de choses dont la télévision. Je suis même sûre d'avoir changé moralement!... »

D.P. (St-Malo)

« P.S. : Merci aussi de nous appeler « vos amies ». Je ne me suis jamais sentie plus en confiance. J'ai l'impression de faire partie d'une grande famille. »

Quelle merveilleuse lettre! Elle vous vaudra, Chère amie Malouine d'être publiée dans chacune des collections dont vous nous parlez si bien et de recevoir, fait également exceptionnel un cadeau par collection!

Chères amies,

Savez-vous que je passe chaque jour une heure passionnante en commençant ma journée?

Il y a en effet sur mon bureau toutes les lettres que vous m'écrivez pour me parler des romans Harlequin et de la Série Royale en particulier. Je m'y plonge aussitôt et je les lis toutes de A à Z.

Et vous savez combien nous avons besoin chez Harlequin de vos commentaires, de vos critiques, de vos encouragements...

Écrivez-moi dix mots, dix lignes, ou dix pages, je vous promets de tout lire... et de publier la lettre qui sera la plus intéressante du mois.

Bien entendu, chaque amie de la Série Royale dont la lettre est publiée reçoit ensuite un très beau cadeau « Série Royale ».

A vos plumes mes amies... et au mois prochain!

Juliette Lucine

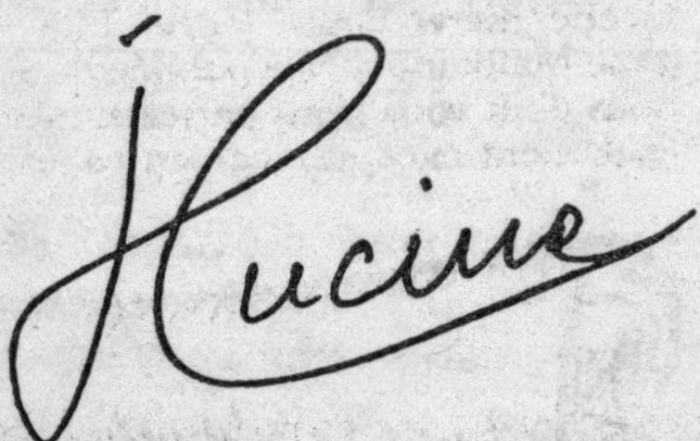

Jouez toutes avec nous... et gagnez de très beaux livres "SÉRIE D'OR"!

De quel roman, publié dans la Série Royale du mois de juin est extrait le passage suivant :

« Devrait-elle courir jusqu'à la ferme la plus proche située à 1/4 de mille ou donner elle-même au blessé les premiers secours? A quelques mètres se trouvait une source. Isabella y courut et trempa son mouchoir dans l'eau limpide, puis revint auprès de Hansford pour lui rafraîchir le front. Elle se mit ensuite à caresser sa joue avec douceur, mais retira vivement sa main quand elle l'entendit gémir. »

- *N° 59 : L'otage du roi de cœur*
- *N° 60 : Cette douce mélancolie*

BULLETIN RÉPONSE À DÉCOUPER OU À RECOPIER ET À ENVOYER AVANT LE 31-07-82 À :

GRAND JEU DE L'ÉTÉ
EDIMAIL S.A. 75785 PARIS CEDEX 16

BULLETIN RÉPONSE AU GRAND JEU DE L'ÉTÉ

L'extrait ci-dessus correspond au livre N° : ☐

Je vous rappelle mon nom et mon adresse :
Nom. .... Prénom ....
N° .... Rue ....
Code Postal |_|_|_|_|_|_| Localité ....

LA COMPOSITION, L'IMPRESSION ET LE BROCHAGE DE CE LIVRE ONT ÉTÉ EFFECTUÉS PAR FIRMIN-DIDOT S.A. - PARIS-MESNIL POUR LE COMPTE DES ÉDITIONS HARLEQUIN

ACHEVÉ D'IMPRIMER LE 11 MAI 1982

Imprimé en France
Dépôt légal : juin 1982
N° d'édition : R 60 – N° d'impression : 8657